詩로 쓴 조선의 얼

면암 최익현

勉菴 崔益鉉

신익선

詩로 쓴 조선의 얼

면암 최익현 勉菴 崔益鉉

인쇄일 | 2026년 01월 20일
발행일 | 2026년 01월 27일

지은이 | 신익선
펴낸이 | 설미선
펴낸곳 | 뉴매헌출판
출판등록 | 2018년 3월 30일
주소 | 충남 예산군 예산읍 교남길 33
E-mail | new-maeheon@hanmail.net

값 18,000원
ISBN 979-11-988691-9-7(03810)

매헌기획시집 007

신익선 著

詩로
쓴
조선의 얼
면암 **최익현**
勉菴 崔益鉉

뉴NEW
매헌

有明朝鮮國勉菴崔先生七十三歲像

면암勉菴 최익현崔益鉉(청양 백제문화체험관)

최익현 생가

광시 최익현 묘

 면암勉菴의 특성은 상소上訴다. 고종께 올리는 상소는 무려 40여 년간 지속했다. 조선 조정에 대하여 자기 개혁을 요구하는 상소였다. 둘째 특성은 호남 의병을 일으켜 민족운동의 선봉에 섰다는 점이다. 거병 열흘 만에 체포되어 일본으로 압송되었으나 후회하지 않았다. 세 번째 는 평생 견지한 절의와 기개였다. 이는 훗날 한 말의 항일 의병 운동과 일제 강점기 민족운동, 독립운동의 지도 이념으로 계승된다.

 더하여, 평생 배우고 터득한 학문을 의병 운동이라는 실제 행동으로 실행한 면암의 면모는 조선 역사에서 전무후무한 일이었다. 면암의 사 상과 이념은 훗날 구국애국 사상 및 민족주의 사상으로 승화되어 상해 임시정부를 이끌던 김구 주석을 비롯한 독립지사들의 정신적 지주로 존경과 흠모를 받기에 이르렀다.

특히 면암의 일본 대마도 순국이야말로 민족을 위한 순교殉教였다. 죽음으로써 면암은 자신의 생애 자체를 조선 역사로 바꾸었다. 놀라운 반전이었다. 모쪼록 이 작은 시집이 구한말 불멸의 위인偉人이자 지금도 살아 숨 쉬는 면암을 널리, 오래, 기리는 계기가 되길 소망한다.

2026. 1. 8.

산정 신익선 識

1부

섣달의 울음 ································· 018

동백의 음성 ································· 019

농사짓다 ···································· 020

가채리 ······································· 021

성인식 ······································· 022

꿈 ·· 023

대문을 열다 ································· 024

두근거림 ···································· 025

성균관에 입학, 수학하다 ················ 026

눈물의 고백 ································· 027

괴원의 죽음 ································· 028

과거시험에 합격하다 ····················· 029

권지승문원부정자 ························· 030

수봉관 ······································· 031

맏아들 얻다 ································· 032

서울 남촌으로 이주 ······················ 033

면암, 이조정랑으로 일하다 ·············· 034

신창현감 부임과 사직 ··················· 035

화서의 편지 ················· 036

성균관전적으로 일하다 ················· 037

오월 모란 ················· 038

화옹정, 마르다 ················· 039

신미양요 발발 ················· 040

사계절을 잊다 ················· 041

무대 ················· 042

대원군 탄핵 상소 ················· 043

물허벅 ················· 044

팔베개 ················· 045

지부상소 ················· 047

흑산도 유배 ················· 048

흑산도 해배 이후, 농사짓다 ················· 049

은거 ················· 050

갑신정변 ················· 051

시묘 살이 ················· 052

동학농민전쟁 ················· 053

면암, 공조판서에 오르다 ················· 054

2부

군국기무처 ···································· 056

청일전쟁 ····································· 057

을미사변 ····································· 058

가슴앓이 ····································· 059

아관파천 ····································· 060

고종황제, 대한제국을 선포하다 ················· 062

찢어진 짚신 ··································· 063

고종,
면암에게 각부군 선유대원 벼슬을 내리다 ······ 064

한 뜨거움의 증류수 ···························· 065

면암, 시무책을 올리다 ························· 072

호서 정산으로 이주하다 ························ 073

숨 터 ··· 074

정산 이주하여 강회를 열다 ····················· 076

예산의 의기 ··································· 077

검은 나목 ····································· 078

중화당 ·························· 080

궁내부 특진관 ···················· 081

한일의정서 ······················ 082

제1차 한일협약 체결 ················ 083

고종의 밀서 ····················· 084

면암, 대궐 앞에서 철야 주청하 ·········· 085

저 결벽 ························ 086

경기도관찰사 ···················· 087

고향집 바깥마당의 음성 ·············· 088

헌병대장의 엄지손가락 ·············· 089

묶이다 ························ 090

무덤의 통곡 소리 ·················· 091

면암, '청토오적서' 상소문 올리다 ········ 092

혈죽 ························· 094

3부

면암, '포고팔도사민'을 쓰다 …………… 096

봄꿈 …………… 104

태인 무성서원 …………… 105

창의토적소 …………… 106

고사목의 새싹 …………… 107

독백의 독백 …………… 108

격문 …………… 109

면암, 의병봉기하다 …………… 110

나이 일흔넷의 의병장 …………… 111

구암사의 밤 …………… 112

선비의 예법 …………… 113

다시 철쭉 울타리에 …………… 114

열두 가슴의 흙 …………… 115

체포되면서 맹자를 암송하다 …………116

포승줄의 여로 …………… 117

불굴피집 …………… 118

최익현 압송도 …………… 119

마지막 뱃길 …………… 121

대마도 새벽 …………………………… 122

혼수상태 ……………………………… 123

대마도 수형생활 ……………………… 124

단식 …………………………………… 125

빗물 …………………………………… 126

부산에서 온 쌀 ………………………… 127

최익현, 나는 …………………………… 128

유소 …………………………………… 129

진심의 진심 …………………………… 130

내 운명은 ……………………………… 131

새벽 네 시 ……………………………… 132

수선사 스님의 독경 …………………… 133

면암 …………………………………… 134

대마도의 붉은 기상, 붉은 꿈들에게 ………… 135

오래 기다렸던 친구, 종명에게 ……………… 139

면암의 목젖 …………………………… 141

면암 생가터 표지석 …………………… 145

4부

빗창 ································· 150

귀신귀향 ···························· 151

헛꿈 ······························· 152

벗에게 ····························· 153

뇌사 ······························· 155

무적 ······························· 157

한 동기간의 노래 ···················· 159

새벽빛 제문 ························· 161

면암 제만록 ························· 163

파도만장 ···························· 165

맏아들을 부르다 ····················· 166

논산 노성리 무동산에 안장하다 ··········· 167

이장 ······························· 168

광시의 절규 ························· 169

실핏줄 ····························· 170

모덕사 ····························· 171

중화당 장독대 ················· 172

모덕사 기념식수 ··············· 173

면암 봉분의 신록 ··············· 174

메밥, 첫 수저의 독백 ············ 175

백범 김구, 면암 묘소에서 울다 ········· 176

백범 김구, 면암 묘소에서 절하다 ········ 178

국회의장의 참배 ··············· 179

대한민국건국훈장 추서 ············ 182

계명성 ···················· 183

면암최익현선생춘추대의비 ·········· 184

면암의 당부 ················· 185

호명 ····················· 186

재회 ····················· 187

| 해설_ 이병헌 |

면암으로 빙의憑依되어 시로 담아낸

최익현의 애국과 삶 ·················· 90

詩로 쓴 조선의 얼

면암 **최익현** 勉菴 崔益鉉

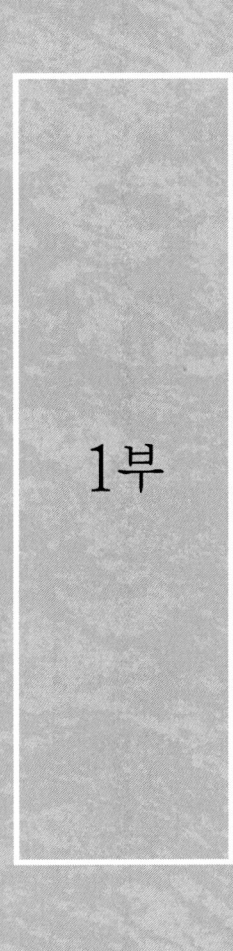

1부

섣달의 울음
- 면암의 출생

창문에 불 켜지면 밤에 만났습니다 직접
서로 오가는 일은 없지만 야심한 시간, 창문에 불 켜지면
창문에 그림자 하나 어른거리고
그 하나만으로 후딱 밤을 꼬박 새우길 반복하였습니다
정월 가고 이월, 삼월…… 동짓달도 다 가고
새해, 어느새 다시 새해를 맞이하는 달, 섣달에 이르러 그림자도
계절을 회임하여 새봄을 출산하였습니다
기다림은 언제나 너무 짧고 너무 길기만 하여
이제는 밤을 밝히는 그림자도 어느새 제 빛을 알았습니다
피 터지게 뛰어 볼 참입니다
삶과 성장이란 어둠의 새벽을 걸어와
스스로 생성되어 스스로 존재하는 봄의 살빛입니다 기꺼이
몸 터트려 알알이 빛나는 여름 석류,
그 붉은 알갱이들의 부서짐을 갖겠습니다

* 면암은 1833년 12월 5일(음), 포천군 내북면 가채리에서 최치원 27대손(화숙공파 19대손)
으로 아버지 최대崔岱와 어머니 경주이씨 사이에서 차남(장남은 최승현)으로 출생하다. 자는
찬겸贊謙, 호는 면암勉菴, 본관은 경주慶州이며 증조부는 최광조崔光肇, 조부는 최극경崔克
敬이다.

동백의 음성

경기도 포천면 내북면 가채리에서 태어나
네 살 때 충주시 묵계를 거쳐 단양 금수산으로 이사,
열한 살 때 양평의 후곡으로 이사 와서
화서 이항로의 문하생이 된 이래
스무 살에 용진강 기슭으로 이사하는 음성이 들리다

해설피 우는 황소 울음소리이나
윤간당하고 미친 누이 중얼거림,
저물어 캄캄해지도록 담장에 기대어 아들 기다리는 어머니이거나
참고 또 참아야 건사되는 음성이
가족 모르게 쉴 없이 긴장하는 가장에게

눈에 안 보이게 흙이 되는 꽃 진 동백이
싹둑, 가위에 잘려나간 탯줄을 쳐대는 북소리 따라
스물한 살에 비로소 정착한 고향 가채리

* 용진강 : 북한강을 말함. 1854년, 면암이 21살 때에 고향 가채리에 정착하다. 이곳에서
  면암은 1900년 4월, 홀로 충남 청양의 정산으로 이주하기까지 거주한다.

농사짓다

퇴비를 만드는 일이
쟁기질하는 일보다 우선이다
돼지우리에서
외양간에서 나오는 거름은
복숭아를 살찌우고
뼈를 키우는 힘이다
흙살 매만져 자신을 심는 일,
자신의 생명을 가꾸는
자신의 제사이다

* 면암은 과거급제하기 전에 22세에 이르도록 부친을 따라 농사를 지었다.

가채리

나지막한 야산이 북풍을 막아주는
산언덕 아래 옹기종기 모여 사는 초가들 어울려
손발 터진 채 절룩이며
새벽부터 길쌈 매고 텃밭 가꿔 가는 상현달이
한 젊은 청년의 꿈자리를 키워간다

달빛 내려앉는 댓돌 모여
한 동네를 이루는 야산 아래 마을 가채리

* 가채리 : 경기도 포천면에 있는 면암의 고향

성인식
- 부친의 당부

따져보면 꽤 여러 고을에서 살았구나
너를 데리고 이곳저곳 너무 이사 다녔구나
아삿짐 꾸리면서
여러 번을 이사 보따리 싸면서
나무를 부러워한 적도 있다만
그래도 너는 화서 선생의 제자이니라, 더구나 너는
조선 땅을 갈아엎을
내 심장의 대들보, 나의 새 봄,
나는 네가 무한 자랑스럽기만 하구나
사월에 성인 관례를 하니
이제 고향에 안착하여 네 꿈을 이루거라

* 성인식 관례 : 면암이 18세 되던 해, 1852년 4월의 일이다.

꿈

조선 창호지가 우는 동짓달에도
점점 혼돈으로 치닫는 조선을 껴안고
아침을 꿈꾸었습니다
맑은, 해맑은 미소를 가진 동녘하늘이
꿈꾸며 걸어오시는 눈길에
자욱하게 퍼져나는 눈부신 운무,
매혹, 나는 매혹이라 중얼거리며
눈먼 짐승이거나 벙어리로
멀거니 그저 서 있었습니다, 나는
죽어 뼈야 있건 없건
도저히 당신을 잊을 수 없습니다

대문을 열다

안과 밖의 경계를 열어젖히라
새벽과 새벽의 사이를 열어젖히라
어둠 몰려든 어둠을 열면
순식간에 펼쳐지는 새벽강의 물살 솟구쳐
모락모락 퇴비 김 오르는 아침이다
속내에 흙 물살 품고 흐르는
호흡과 호흡의 연결고리,
안과 밖의 지층을 열어젖히라

두근거림
- 면암, 청주한씨와 혼례를 치루다

용진강 기슭에서 당신과 처음으로
한 밤 지내고 새아침입니다 죽는 날까지
막 배동 터 오르는
땡볕 칠월의 논배미 벼처럼
임종까지 동행하려는 두근거림을 보여 드리렵니다
온통 심장 쳐대는
이 두근거림만 간직하겠습니다
살아서나 땅 무덤에서나
두근거림을 키워 설레이겠습니다

* 1852년 10월, 면암 18세 때의 일이다. 현재 예산군 광시면 관음리 면암 묘소에 합장되다.

성균관에 입학, 수학하다

　스물두 살, 성균관에서 경서를 공부하다 과거시험 응시에 소용되는 것은 일체 다 암기하였다 일찍이 스승, 화서는 면암의 암송 실력을 인정하였다 경서의 상당 부분은 완벽하게 이해하였고 주요 구문은 암기하였다 계절은 봄, 싱싱하게 눈뜨는 포천 개울가의 버들개지를 필두로 생명이 생명을 불러오는 즈음이었다 너는 장차 이 나라를 이끌게 되리라 아버지 최대는 청년 면암의 든든한 우군이었다 스물두 살, 면암의 힘줄이 튀어 오르는 순간들이었다.

눈물의 고백
– 어머니, 경주이씨의 아침편지

새벽마다 네 방문 앞을 서성였다
네가 잠든 잠자리 온기가 나를 감싸고
네 이름이 나를 불렀다
이름난 관상쟁이가 너를 보고 한없이 귀하게 될 상이라
말한 것이 마음에 걸려서
나는 네가 늘 염려스럽기 그지없다
고요히 그저 밭 갈고 논매며 살거라
부디 세상에 지지 말거라
나는 네가 평안히 임종하길 원한다
얘야, 이 말을 할 때면
왜 꼭 눈물나는지 모르겠구나

괴원의 죽음

열 살 된 면암을 일일이 보살피며
스무 살 되도록 면암을 가르쳤던 후견인,
화서의 장자, 괴원 이준은
사마시 합격하여 활짝 열린 벼슬길 마다한 자유혼의 소유자로
학자이자 화서문파의 장자長子,
그런 선비가 고작 낙상落傷으로
이사한 땅, 홍천에서 영혼이 떴다

* 괴원槐園 이준李埈 : 1812(순조12)-1853(철종 4). 조선 말기의 학자. 본관은 벽진碧珍. 자는 백흠伯欽, 호는 괴원槐園. 경기도 양근楊根의 벽계檗溪에서 출생. 항로恒老의 아들이다. 1835년(헌종 1)사마시에 합격하였으나, 과거에 나아가지 아니하고 가학家學을 수업하면서 은거하였다. 1846년《주자대전차의집보朱子大全箚疑輯補》70책을 지었는데, 대개 송시열의 〈차의〉에 기초를 두고 30여 가家의 제설을 참작하여 지은 것으로, 그 강령대지綱領大旨는 부친이 집필하였고 그가 고증과 해설을 하여 자득自得의 설을 밝힌 것이다. 또한《주자대전집차朱子大全集箚》20책을 지었다. 1852년(철종 3)홍천으로 이거하였다가 이듬해 낙상하여 죽었다. 면암은 괴원의 죽음(42세)에 대하여 마치 부형의 죽음인양 애도에 애도를 거듭하였다. 괴원의 저서로는《괴원집》13권 7책이 있다. 면암보다 21년 연상이다.

과거시험에 합격하다

한 길이나 눈이 쌓여 있다
계절이 고요히 눈썹을 내리자
가슴은 고요에 머물러 심호흡하고 있다
새로워지고 싶다
미친 듯이 새로워지고 싶다
몸 바꿔 입게 될 새봄의 아지랑이 입김 마시며
신록으로 환생하는 길
무수한 자상刺傷을 기다리는 길이
한 길이나 눈이 쌓여 있다

* 면암은 1855년 2월에 명경과 순통으로 과거시험에 합격(23세)한다. 합격 이후에 즉시 강
  원도 홍천 삼포로 스승 화서 이항로를 찾아가 절 올린다.

권지승문원부정자權知承文院副正字

스물세 살 되던 해 유월,
가슴 적시는 뻐꾸기 울음 울자
문과 과거급제 후에
승문원부정사로 면암은
외교문서의 교정을 보다

* 권지승문원부정자權知承文院副正字 : 조선시대에 승문원이나 교서관에 속하여 문서의 교정
을 맡아보던 임시 벼슬.

수봉관

젊고 뜨겁다 나의 피는 붉고
심장을 채우는 것은 새벽 창공에 훨훨 날아가는
나의 혈기다 젊고 뜨거운 기운이
묘소, 이미 지나가버린 어제를 돌보기에는 짜증나고
돌아오든 돌아오지 않든
하여튼 어디론가 날아갈 것이다

* 수봉관守奉官 : 조선 시대, 왕의 친족들의 산소인 원소를 지키던 관직으로 종9품. 면암은
  선조의 후궁 인빈 김씨의 무덤인 순강원順康園의 수봉관이었다. 이후에 사헌부 지평, 사
  간원 정언을 거쳐, 1860년 충남 신창현감으로 부임(30세)한다.

맏아들 얻다

낮은 야산이 북풍을 막아주는 포근한 대지, 포천 가채리 뜰에 한 잎 두 잎 미루나무 잎이 떨어졌다 북풍이 휘몰아치던 겨울에 회임을 알았지만 봄여름 갈 지나 출산이다 가을이라 부르기에 적당한 단풍 물들은 무렵에 면암은 첫아들을 품에 안았다. 꿈같은 일이었다 이 갓난아이를 면암은 영조永祚라 이름 지었다. 훗날 이 아이, 영조가 장성하여 한양에서 면암이 포박당한 채 일본으로 호송되어 가는 인력거 뒤를 따라 면암을 뒤따라 경부선 열차를 탈 터였다.

청년 시절인 면암이 첫아들을 안고서 어찌 이 아이가 부산 포구에서 대마도로 끌려가는 면암을 넋 잃고 바라보게 될 운명인 줄을 알았겠는가, 포천 가채리에서 울음 울려 퍼진 갓난아기 영조는 아버지의 뒤를 이은 조선조 말의 학자가 되었다 면암이 결혼한 지 7년여 만에 영조는 이렇게 어머니 청주한씨의 젖무덤에 안기었으나 훗날 장성하여 인력거를 타고 가는 면암의 뒤를 따라가며 살아서 서로가 생이별의 운명이 예정되어 있는 면암을 첫 대면하였다.

* 최영조崔永祚 : 1859(철종 10)-1927. 호는 운제雲齊로 면암이 27세 때 얻은 맏아들이다. 조선말기 학자로서 〈운제간찰〉이라는 탁월한 서간문과 시를 남겼다. 부친인 면암이 운명한(74세) 것은 운제가 47세 때의 일이다. 한편 면암은 차자 영학 삼남 영복 등 삼형제를 두었다.

서울 남촌으로 이주

한양 도성의 궁궐에서 가까운
남촌으로 전 가족이 이주하여 살림을 부리자
순전히 면암을 따라서
포천 가채리의 냇물이 흘렀다

* 1860년 봄의 일이다.

면암, 이조정랑으로 일하다

추수 끝난 논배미 갈라진 틈새에는 거의가 다 우렁이 집이었다 여덟, 아홉 살의 어린 손가락을 꾹 찌르면 작건 크건 논배미 갈라진 틈새마다 우렁이가 살았다 아주 작은 건 도로 찔러 넣어주고 큰 것만 잡아갖고 들어오는 날은 무언가 실하다는 느낌이 들곤 하였다 추수 끝난 들녘이라 낙엽이 뒹굴고, 으스스 차가운 바람도 따스하기만 하였다 철이 없었지만 즐거웠다 계절은 바뀌어 봄 지나 초여름 무렵이었다 나라에서 일 할 관리에 관한 일을 보는 이조에서 이조정랑으로 일하는 동안 이 또한 그러하였다 새벽마다 전율하는 세포의 갈망을 먹곤 하였다 수시로 심신이 불타올랐다 용광로보다 뜨거웠다 죽는 날까지 그렇게 스스로 뜨겁기를 원하였다 잠시 누워 있으면서도 스스로 불타오르기를 갈구하였다 뜰 앞 유월 앵두가 면암 잇몸을 타고 흐드러지게 익어가고 있었다

---

* 이조정랑吏曹正郞 : 조선시대에는 관리의 등용과 임명을 관장하는 기관이 이조吏曹인데 실무를 관장하는 직책이 정랑이다. 정랑은 정5품으로 두 사람이 업무를 맡는데 위로 판서(장관)와 참판(차관), 참의(차관보)가 있으니 현재의 직급으로 견주면 행자부 국장급이라고 할 수 있다. 1860년(28세) 6월의 일이다.

신창현감 부임과 사직

서른 살에 나라의 명에 의하여 신창현에 부임하였것다 주민들을 부모로 여기며 살피는 중에 굶주린 주민들이 마지막으로 갖고 있는 초가삼간마저 양반들이 착취하는 현장을 목도하였것다 지방수령이 지방민을 착취하여 호의호식하다 못해 배가 터지도록 재물을 탐하는, 도저히 묵과하기 힘든 인내가 불가한 일을 눈으로 보게 되었것다 아 글쎄 지체 높으신 충청감사 나리는 여기서 몇 술 더 떠서 오뉴월 보릿고개 이용하여 충청 주민들에게 고리사채를 놓고 특히 산 좋고 물 맑은 신창현 주민들 주리 틀 궁리만 하고 있었것다 풍채 당당하지만 그 속에는 비계와 탐심으로 가득한 드런 놈의 충청감사와 맞짱 한 번 뜨려고 벼르는 중에 일개 현감이 업무태만하며 고관대작에게 겨 붙는다고 나라에 상주하여 현감으로 부임한 지 채 열 달도 못 채우고 짐보따리랄 것도 없는 책 나부랭이에 옷 몇 점 싸들고 신창현을 나오는 신세가 되어버렸것다 현감 벼슬을 내놓고 올라가는 도로에 주민들이 나와서 전송하는데 눈물이 그만 뚝뚝 떨어져 앞을 막아버리것다 눈물, 결국 벼슬길이란 게 눈물로 길을 만들어 백성 눈물로 백성들 죽이며 사는 길이 점지되어 있음을 희미하게나마 깨달을 수 있었으나 그뿐, 나는 신창현감을 사직하고 귀향하였는데 어찌된 일인가 도로 양옆에 서서 눈물 흘리는 신창 주민들의 야윈 모습들과 무명의 옷깃을 적시는 울음소리가 귀청에서 떠나지 않았것다 눈 부릅뜬 통곡이 주야장천 가슴 강에 쌓여만 가서 가을 짚누리 되었것다

* 신창 : 본래 백제의 굴직현屈直縣이었는데, 757년(경덕왕 16) 기량祁梁으로 고쳐 탕정군(湯井郡: 지금의 아산시)의 영현으로 삼았다.

화서의 편지

초봄을 내는 새싹의 고향은 깊은 겨울이라
봄여름 다시 벼려 다시 새로운 새싹을 내거라

"……관직을 내놓은 전후의 사정을 듣고 비록 죽을 날만을 기다리는
나이지만 기뻐서 크게 감동을 받았다……"

봄에 새로 트는 순, 새 숨결이 숨 쉬라
노쇠한 얼굴에 웃음 띠며 화서, 편질 쓰다

* 화서 : 이항로李恒老(1792-1868)는 조선의 유학자이자 문신이다. 자는 이술而述, 호는 화서華
西, 본관은 벽진碧珍이며 경기도 포천 출신으로 1843년 당시 11살이던 최익현을 제자로
거둬 최익현에게 면암이란 호를 내렸다.

성균관전적으로 일하다

내가 사람들을 만나는 것은
내 속의 자아,
또 다른 나를 만나는 것이다

내가 무슨 일을 하는 것은
사명으로 주어진 내 일을 하는 것이다

내가 땀 흘리는 것은
내 안의 꿈을 보는 것이다

* 성균관전적 : 조선시대 성균관成均館에 둔 정육품正六品 관직으로 정원은 13원이다. 위로
  지사(知事 : 正二品)가 1원으로 대제학大提學이 정례대로 겸직하며, 동지사(同知事 : 從二品) 2원,
  대사성(大司成 : 正三品), 좨주(祭酒 : 正三品), 사성(司成 : 從三品) 각 1원, 사예(司藝 : 正四品) 2원, 사
  업(司業 : 正四品) 1원, 직강(直講 : 正五品) 4원이 있고, 아래로 박사(博士 : 正七品), 학정(學正 : 正八
  品), 학록(學錄 : 正九品), 학유(學諭 : 從九品) 각 3원이 있다. 대사성 이하 성균관에 소속된 관원
  을 총칭하여 관직館職이라고 하다. 면암은 24살에 성균관 전적이 되다.

오월 모란
- 면암의 모친상

어둠 밤 넘어가는 어머니가
산마루 불 켜대면서 이른 초저녁,
등 휘어진 채 초승달 싣고
먼 곳으로부터 온 손수레에
허기진 반쪽 얼굴을 들어올려
북 박힌 산간 초가집 울타리

* 모친상 : 1833년 면암 33세 때의 일이다.

화옹정, 마르다
- 이항로의 죽음

    나의 정신을 벼린 용광로 주먹질이 윗도리 백의 적삼 하나 타고 우주로 회귀하고 계시다 조선솔 새 둥지에선 알을 깨며 생명의 부화가 시작되고 심중활화산이 폭발을 멈추고 눈도 안 뜬 새 새끼 울음에 귀 기울인다 산역꾼 허리춤마다 매달린 수건들은 황토흙살이 받아주는 칠성판을 뚫어져라 내려다보고 있다 양평고을 구비치는 벽계碧溪를 내려다보는 산모롱이 집에선 아낙들이 상가집 막걸리를 빚고 있다 한 사람의 영혼이 지붕에 올라타자 돌연 대들보가 내려앉고 정주간 물두멍의 물이 말라버렸다

  * 화옹정華翁井 : 화서 이항로가 생전에 음용하던 생가지의 옛 우물 이름. 면암의 스승인 화
   서 이항로의 죽음(1792-1868), 면암 39세 때의 일이다.

신미양요 발발

　조선국의 힘, 특히 국방을 담당하는 군사력의 강도가 어떠한지 알아보려는 서구열강의 흉계를 조선조정은 알 턱이 없다. 서해안 해안가 게딱지처럼 사는 어민들이 모여 사는 어촌에서 남정네들이 눈 멀건이 뜨고 아낙이 납치당하고 어여쁜 딸이 왜군에 의하여 강간당하는 것을 사지 비틀며 묵묵히 지켜 볼 수밖에 없던 일은 이미 오래전의 일, 신미양요는 장차 조선을 먹어치울 열강의 전초전이었는데 누구 한 사람, 국왕은 물론 이를 눈치 챈 조선대신이 없다. 납세의 의무도, 병역의 의무도 없이 호의호식하는 조선의 유한계급, 조선양반들에게 수탈당하는 조선 백성들만 양반들에게 전토 다 빼앗기고 마냥 배곯다가 산골짜기가 물웅덩이에서 비명횡사에 죽어나자빠졌다. 국가는 있는데 국민은 없고 힘도 없을 때, 애장터가 흔들렸다

---

* 신미양요 : 오페르트의 덕산 사건이 있은 지 3년 후인 1871년, 미국 함대가 조선을 침공한 사건이 신미양요辛未洋擾이다. 이 사건은 1866년 대동강에서 불에 타 침몰한 미국 상선 제너럴 셔먼(General Sherman)호 사건이 계기가 되어 일어났다.

사계절을 잊다
- 승정원 동부승지 사직

연초록 새싹은 벌써부터 낙엽이다
새순이 삐쭉 솟구칠 때부터 이미 낙엽이다
그리고는 곧장 겨울이다
겨울이 오기 전에 농부는 서둘러 농작물을 거두고
겨울이 오면 서둘러 한 겨울을 난다, 면암은 벼슬을
거부하며 상소로 일관하기를 반복하다
싹으로 눈을 떠
꽃 피고 여름 폭풍우를 견디다 낙엽으로 지는 게 아니다
왕이 벼슬을 내리면 고사固辭하기 바빴다
땀 흘려 일한 것은 농사일,
찬물에 발 담근 봄 못자리의 모는
대체 봄날과 한여름 땡볕은 어디다 쓸 것인가

* 승정원 : 왕명의 출납을 담당하던 관청으로 동부승지 등 총 6인의 승지가 있으며 이들
  은 모두가 정3품 당상관이다.

무대舞臺
- 호조참판을 제수받다

서구 열강의 조선에 대한 지배욕으로
정국은 날로 황폐해져 가지만
면암에 대한 칭송이 조정 안팎으로 퍼져
불혹에 이르러 마침내
호두연함虎頭燕頷의 면암,
호조참판을 제수받기에 이르렀다

* 호두연함虎頭燕頷 : 호랑이 머리에 제비턱이란 뜻. 관상쟁이가 면암의 유년기 관상을 보고
  평한 말

대원군 탄핵 상소

눈 시퍼렇게 뜨고 살아가는
잡초다
말 못하는 풀섶 덤불이다
밟히고 밟히지만 기어코 살아남는
풀이다
무명옷에 거머리 뜯기며 살아갈지라도
끝끝내 꿋꿋한, 꼿꼿한
이 땅의 피다
물러나라 권력의 의자에서 떵떵거리는
위세야 잠시잠깐,
물러나라
면암, 조선을 후려치다

* 대원군 탄핵 상소: 조선왕조에서 대원군 이하응은 살아 있는 최초의 대원군이다. 이하
응은 아들과 손자를 조선왕으로 세웠지만 주관 없는 아들, 고종의 무능에다가 대원군
자신 또한 쇄국에 치중하느라 산업을 장려하여 국부를 다지고 강력한 군대를 양성하지
않은 탓에 나라를 위태롭게 하다. 게다가 며느리였던 민비와의 싸움으로 부지불식간에
외세를 끌어들여 조선을 피압박 민족으로 전락시키는 데 일조하다. 면암은 대원군의
권력이 정점일 때에 과감하게 탄핵 상소를 올리고 제주도 유배당하다.

물허벅

- 면암, 제주도 위리안치 되다

검푸른 제주 물결 머금고
이승에 얼굴 내밀지 말거나
애기구덕에 누워
잠들지 못한 저것은
천양 망건에 천양 갓 쓰고
천양 도포 입은 채
청 이슬 다리 놓아
삼신할망 걸어가시게 무릎 조아려
저승 다스리는 물허벅이나
친구 삼아
상소 몸살에 온몸 묶여
저승을 맛보라
제주에 똬리 튼 뭍사람

* 물허벅 : 제주도에서 물을 등에 져 나를 때 쓰던 물 항아리.

44

팔베개

- 장자 영조에게 보냄[與長子永祚 癸酉十二月十八日*]

객지에서 작별할 때 겉으로는 태연한 척해도 마음은 간절한 것을 어찌 다 말하겠느냐? 새해도 멀지 않았건만 소식을 들을 길이 없었는데 요즘 조부님 기력이 강건하시고 너의 어머니와 어린것들, 그리고 온 집안이 두루 평안하냐? 내가 떠날 때 너의 종숙從叔과 나의 친구 유씨柳氏는 그 결과가 어떻게 되었는지 알 수 없어 매우 안타깝고 답답한 마음을 걷잡을 수 없구나. 요사이도 과연 어른 모시고 독서에 열중하느냐? 내가 득죄한 것을 빙자하여 학문을 게을리해서는 안 된다. 나는 섬에 들어온 뒤로 밥 잘 먹고 잘 자니 걱정할 것이 없다. 그동안 내 친구들 편지 가운데 볼 만한 것이 있으면 베끼거나 대강만을 요약해서 풀로 밀봉해 보내라.*

내 나이 마흔한 살에
영조야, 멀리 제주도 위리안치 적거지에서
네게 편지 한 통 보내는데 실은
눈물 한 바가지 쏟았는데 그 말은 차마 못 쓰겠다
유배 온 자식을 대신하여 영조야
아비 대신 네가 할아버질 잘 모셔라
고생만 시키는 너의 어머닐 네가 잘 봉양하거라
며늘아기와 나의 손자 손녀 그리워
밤잠 설치는 날이 어디 하루이틀이랴
눈물 닦으며 누워 그려보는

고향 하늘은 삼삼한데 영조야
너를 팔베개하여 잠 재워주던 날이 엊그제 같다
어찌 다 일일이 적어 보내겠느냐
내 마음에는 네가 산다

* 고종 10년 1873년.

* 1873년 11월 10일, 면암 41세 때에 제주도 위리안치된 적거지에서 장자 최영조에게
  보낸 편지문. 면암은 15살 된 장자長子인 영조永祚에게 총23통의 편지를 보내어 자상하
  고 정감 넘치는 어조로 집안 대소사를 묻고 부탁하기를 그치지 않았다. 장자인 영조 이
  외에 차자인 영학永學, 영복永福등 3형제가 있고, 면암 편지글에 의하면 면암은 1873년
  이때 이미 손자 손녀로 3남매를 두었다.

지부상소持斧上疏

내 등에 걸머진 도끼에
매달린 낫달로 지체치 마시라
저 시퍼런 날로 목을 치시라
스스로 이미 베어 버린
목 쓰다듬는 목덜미에
유배길 열어놓는 흑산도가
숨 멈추며 구슬피 우는
마늘밭 지푸라기 속 칼바람

* 지부상소持斧上疏 : 1876년 면암 44세 때의 일로써 개항 반대의 상소. 곧 도끼로 면암의
  목을 치라는 의미로 등에 도끼를 달고 궁궐문 앞에서 상소하였고 이 일로 결국 면암은
  1876년 음력 1월 25일, 흑산도로 유배되다.

흑산도 유배

살아서 관 속으로 들어가는 일,
먼 제주 바다 물길 건너
바다로 들어가 몸을 묻는 일,
흑산도 뒤따라온 상소,
흑산도 유배길 역시 불길,
글이 불러들인 참화에 의연하다

* 지부상소 이후 면암은 43세 되던 1876년 1월 25일 흑산도에 위리안치 되었다가 1879
  년 2월 8일 해배되기까지 2년 남짓을 유배당하다.

흑산도 해배 이후, 농사짓다

이른 새벽대문 열고 숫돌에 날을 벼려
꼴을 베는 일이라든가 거머리에 정강이 물리며
모 심고 황소 멍에 메어 밭 가는 일,
비 오시는 날에는 문방사우와 더불어 사랑방에서
들려오는 아버지의 헛기침 소리
곰방대 터는 소리 듣는 일은 모두 재미나는 일이다
너무나 재미난 땀방울이다
가채리 산과 들이 반겨주는 설렘이다
영원을 만나는 현장이다
나는 이곳을 떠나지 않고 이른 새벽대문을 열고
밤늦게 몸 눕혀 청정을 심으리라
공연히 대처에서 나뒹굴다 음해 당하느니
나는 흙의 음성을 들으며
흙 친구로 살다가 흙의 호흡이 되리라

* 흑산도 해배 이후 면암은 10년 동안을 고향에서 형을 도와 농사짓다.

은거隱居

소리 소문 없이 살 일이다
내 호적과 이름은 물론
면암이라는 말도 잊어
낮은 야산이 북풍을 막아주는
가채리에 들어갈 일이다
늙으신 아버지가 사시는
고향집 툇마루에서
조용조용히 기침소리 없이
그리 살다가 고요히
살아서 흙집에 귀향할 일이다

* 가채리 : 경기도 포천에 있는 면암이 태어난 마을 이름.

갑신정변

혀를 내밀며 횃불이 타오르다 횃불의
불쏘시개는 자신의 몸을 횃불에 내어준
조선 청년들이다 단 3일 동안이다
횃불이 붉디붉게 타오르다 처음이다
조선은 혼탁한 조선의 피를
목도하였으나 그뿐, 하릴없이 봄꽃 떨어지다
개혁과 개방이 수챗구멍에 처박히다
바람 한 점 없는 고요의 아침나절

* 1882년 임오군란을 계기로 조선은 민씨 정권의 친청 수구정책으로 인해 청의 간섭을
받기 시작하자, 개화파는 민씨 정권을 무너뜨리기 위해 정변을 계획했다. 개화파는 일
본의 후원을 업고 김옥균·박영효 등등이 1884년 12월 4일 우정국 개국 축하연을 기회
로 정변을 일으켜 군사권·재정권을 장악한 후 정강을 발표했다. 주요 내용은 청과의 종
속관계 청산·문벌폐지·탐관오리 처벌·경찰제도의 실시 등이었다. 그러나 청의 공격으로
일본군이 패하자 개화파는 일본으로 망명했다. 불과 3일 동안의 일이었다. 정변 실패 후
공사관이 불타고 거류민이 희생된 일에 대한 책임을 물어 일본은 조선과 한성조약을 체
결, 10년 후에 발발하는 동학혁명 시에 일본군이 조선에 진출할 수 있는 발판을 구축하
는 계기가 되었다. 한편 면암은 이들을 반역의 무리라 칭하였다.

시묘 살이

고향 뒷산에
뻐꾸기 울음

연초록 산야
신록 출렁이면
달빛 타고
툇마루 덜컹
마실 오실까

미루나무 그늘
감싸는 월훈

* 경기도 포천군 신북면 가채리. 이곳에서 1887년 5월, 부친 최대崔岱 운명, 1889년 8월
  탈상. 면암(55세)은 57세까지 3년간 시묘하다.

52

동학농민전쟁

새하얀 백양목보다 더 새하얀
백의 입는 농민들이 죽창 치켜들었다
아무데나 수없이 애장 파묻은
삼남의 백성들이 낫 들고 내달았다

억압과 수탈에 맞서 싸워가겠다
싸우다 죽을지라도 싸울 것이다
싸우는 일이다 싸우는 일이다

새하얀 조선농민들의 붉은 함성,
농민들이 마침내 심장을 꺼내들었다

* 1894년 음력 1월 10일, 전봉준의 주도로 고부군수 조병갑을 축출하고 관아 점령을 시
  작으로 농민전쟁 발발하다. 면암은 이들을 반역으로 규정하였다.

면암, 공조판서에 오르다

농사를 짓는 중에 갑자기 어명이 내리다
공조판서로 조당에 나가는 환갑의 면암

* 1894년 7월, 면암 61세 때의 일이다.

2부

군국기무처

김홍집을 총재로 여기서 개혁위원회가 만들어졌다
국왕 전권이었던 법안의 발의와 제정 및 선포가 여기서 이뤄졌다
최초의 근대 입법이었던 갑오경장 개혁안을 선포하고 시행하였다
황제인 고종은 대노하였으나 멀거니 쳐다만 보았다
친일내각이라는 어명에 성난 백성들에 의하여 김홍집이 맞아죽다
덩달아 오백년 역사의 조선이 낙엽으로 시궁창으로 굴러떨어졌다
이천만 민중이 망국 백성으로 내동댕이쳐진 자리에
초승달이 자라나 점점 바닷물을 흡입하기 시작할 때였다

* 군국기무처 : 일체의 개혁 법안을 심의·의결했다. 갑오농민전쟁에서 패배를 거듭하던
조선 정부는 고종 31년, 1894년 6월 10일(음력 5. 7)에 농민군의 폐정개혁에 관한 요구
를 받아들이고 전주화약을 맺었다. 그리고 청·일 양국군의 철병을 요구했다. 그러나 일
본은 조선에 출병한 일본군을 조선에 남겨두기 위한 구실로 조선의 '내정개혁안'을 만
들었다. 조선 정부는 외국의 간섭 없이 조선의 내정개혁을 실행할 수 있다고 주장하고
교정청을 신설하여 자주적인 개혁을 추진하고자 했다. 이에 대해 일본 정부는 6월 21
일 경복궁 쿠데타를 일으켰다. 그 결과 민씨 일파가 쫓겨나고 대원군을 앞세운 개화파
가 집권(일오군란)하게 되었다. 이때 일본의 간섭에 의하여 교정청 대신 설치된 것이 6월
25일 설치된 군국기무처였다. 여기에서 국가의 모든 기무와 사무의 개혁을 담당하고 시
행했다. 구성원은 총재 김홍집金弘集을 비롯하여 김윤식·어윤중·유길준 등 개화파와 대
원군 계열의 인사 17명이었다. 과도적인 입법기관의 성격을 띠고 3개월 사이에 208건
의 신법령을 의결·공포했다. 군국기무처는 1894년 11월 17일 제2차 김홍집 내각이 성
립되면서 폐지되었고 그 대신 중추원이 설치되었다. 한편, 김홍집은 친일매국노로 지명
한 고종의 어명에 의하여 1896년(고종 33년) 광화문에서 분노한 백성들에게 맞아 죽었다.

청일전쟁

　무기의 우열이 아니다 정작 가장 중요한 핵심은 기존의 칼과 화살이 아닌 정신의 차이였다. 수억 명의 인구를 가진 거대 중국이 일본과의 전쟁에서 진 것은 세계를 경악케 한 일대 사건이었다. 중국 연호를 쓰며 맹종하는 것으로 명맥을 유지하던 조선왕조는 이로써 다른 나라에 기대지 않으면 안 되었다. 그 나라가 자의든 타의든 중국을 무너뜨린 일본이었다. 암울한 것은 호의호식하던 양반 계층과 왕족이 아니라 일반 백성들이었다. 세금을 내며 군역과 노역을 감내하던 어리고 순한 민중이었다. 어디에 가서 인권을 말한단 말인가. 일본군의 신식무기와 사무라이 정신 앞에 선비정신은 단번에 무릎 꿇었다. 비통하였으나 하소연할 곳이 없었다. 자주독립 정신과 강력한 군사력을 배양하지 못한 조선은 사라지고 백성의 행복은 소멸하였다. 초가지붕마다 한숨이 매달렸다. 아름다운 처녀들이 일본에 팔려 나가기 시작하였다. 조선의 산하는 지명이 바뀌어 지는 문서에 강제로 도장을 찍어야 했으나 벙어리 냉가슴이었다. 몸도 마음도 오동지 섣달 문풍지였다 더 이상 내일을 말할 수 있는 삶은 이어지지 않았다.

* 청일전쟁 : 1894-1896년, 청나라와 일본이 조선의 지배권을 두고 싸운 전쟁.

을미사변

해자垓字를 메우며
왜소한 흑 불곰이
황후를 짓밟았다

식음 전폐한 국왕이
자리보전하고 누워
눈물 훔치는 사연,

그 다음 이야기야
들어 무엇 하는가
오백년 꽃나무여

* 을미사변 : 일본 무사들에 의하여 경복궁 건청궁 옥호루(왕비의 거소)에서 명성황후가 살
  해되어, 궐내의 향원정 녹원에서 불태워지다. 이름 민자영. 나이 44세. 아들은 순종이
  다. 1895년 8월 20일의 일이다.

가슴앓이
- 내 목은 자를지언정 상투는 자를 수 없다*

진짜
생목숨인
순정을
버린다면
내 목을
베라

* 1896년 1월, '차두가단此頭可斷 차발불가단此髮不可斷'. 면암 63세 때, 단발령에 맞서서 면
   암이 주창한 말.

아관파천

경복궁을 나올 때 이미
왕이 몰래 경북궁을 나와
새벽에 궁녀 가마를 타고
러시아공사관으로 갈 때
그 순간에 이미
반도의 파도가 요동쳤다

민중은 민주를 잉태했다

---

* 아관파천: 1896년 2월 11일 친러세력과 러시아 공사가 공모하여 비밀리에 고종을 러시아 공사관으로 옮긴 사건. 일명 노관파천露館播遷이라고도 한다. 아관은 러시아 공사관을 말하며 정동에 위치하였다. 이로 인해 친일정권이 무너지고, 고종이 아관에 머무르는 1년 동안 친러파가 정권을 장악하였다. 일본은 청일전쟁에서 승리함으로써 조선에 대한 우월권을 확보하고 청으로부터 랴오둥반도遼東半島 등지를 할양받아 대륙 침략의 발판을 마련하였다. 그러나 일본의 독주를 우려한 열강, 즉 러시아가 주동하고 프랑스·독일이 연합한 이른바 삼국간섭으로 랴오둥반도를 청에 반환하게 되었다. 이러한 러시아의 영향력에 자극되어 조선에서는 배일 친러적 경향이 싹트게 되었다. 그동안 친일 세력에 눌려 있던 민비閔妃의 척족세력과 함께 구미 공관과 밀접한 접촉을 가지며 친미·친러적 경향을 보이던 정동파貞洞派 인사들이 득세하기 시작한 것이다. 또한 러시아 공사 베베르(Veber,K.I.) 역시 미국 공사와 재한 미국인을 포섭하고 민비 세력에 접근하여 친러정책의 실시를 권유하였다. 이에 친일 세력은 급격히 세력을 상실하며 김홍집金弘集 내각이 붕괴되었다. 그 후 일본 공사 이노우에[井上馨]의 매수 정책에 따라 김홍집 내각이 성립되었지만, 민비 세력과 친미·친러파가 요직을 장악하였다. 내각은 일본의 주도

하에 이루어졌던 개혁 사업을 폐지하고 친일파를 축출하였다. 또한 일본에 의해 육성된 훈련대마저 해산 당할 위기에 처하자, 신임 일본 공사 미우라[三浦梧樓]는 1895년 음력 8월 20일에 일본인 낭인과 훈련대를 경복궁에 침입시켜 민비를 시해하는 을미사변을 일으켰다. 그 결과 세력을 만회한 일본은 친일 내각을 성립시켜 단발령 실시를 포함한 급진적인 개혁 사업을 재개하였다. 그러나 국모 시해로 인해 고조되었던 백성들의 반일 감정은 단발령을 계기로 폭발하여 전국적인 의병 봉기를 초래하였다. 전국에 걸쳐 의병이 일어나자 김홍집 내각은 지방의 진위대鎭衛隊를 이용하여 의병을 진압하려고 했으나 기대에 못 미치자, 중앙의 친위대親衛隊 병력까지 동원하게 되었다. 이로 말미암아 수도 경비에 공백이 생겼고, 이 기회를 틈타 친러파측은 고종을 러시아공사관으로 옮기는 모의를 하게 되었던 것이다. 고종을 러시아 공사관으로 파천시키려는 시도는 1895년 음력 10월 12일 춘생문사건春生門事件 때에도 있었으나 사전에 발각되어 실패하였다. 당시 사건을 모의하고 해외로 탈출했던 친러파 이범진李範晉은 비밀리에 귀국하여 이완용李完用·이윤용李允用 및 러시아 공사 베베르 등과 고종의 파천 계획을 모의하였다. 그들은 궁녀 김씨와 고종이 총애하던 엄상궁(후의 嚴妃)을 통해 고종에게 접근, 대원군과 친일파가 고종의 폐위를 공모하고 있으니 왕실의 안전을 위해 잠시 러시아공사관으로 파천할 것을 종용하였다. 이에 을미사변 이래 불안과 공포에 싸여 있던 고종은 그들의 계획에 동의하고 말았다. 한편 러시아측은 1896년 2월 10일 공사관 보호를 구실로 인천에 정박 중이던 러시아군함 수군 120여 명을 무장시켜 서울에 주둔시켰다. 그리고 다음날 11일 새벽 왕과 왕세자는 극비리에 궁녀의 교자에 타고 경복궁 영추문迎秋門을 빠져나와 러시아 공사관으로 파천하였다. 면암63세 때의 일이다.

고종황제, 대한제국을 선포하다

사람인데 간 쓸개가 없다
텅 비어 장기臟器가 전혀 없다
어라, 그런데도 혼인한다며
차양 치고 음식을 만들라
제단에서 상제께 고하라
일개 낭인에게 왕비가 죽고
동학군이 천지를 격동하는데
내장이 텅 빈 황제가
곤룡포 입고 옥좌에 앉다

* 고종황제가 대한제국을 선포하다. 1897년(면암 64세)의 일이다.

찢어진 짚신
– 고종, 국호를 '대한제국'이라 하다

기둥 세워 서까래 올리고
뼈 생성되어 살 오르는
일련의 꽃송이가 만개한 뜰을 걸어가는
짚신이 빗길을 가네,
젖어 있고 찢어진 채
피멍들어
비는 연일 일 삼아 오시는데
꽃잎이 빗속에 지네
폐허 속으로 송장이 드네

고종, 면암에게 각부군 선유대원 벼슬을 내리다

경은 훌륭한 인망으로 백성들의 존경을 받고 있으니 경의 말 한 마디한 마디는 백성들이 믿고 따를 것이다. 의거한 민중이 스스로 의병이라칭하고 있지만 역모를 한 무리들이 처형되고 자취를 감춘 이때, 계속 무기를 들고 있으면 안 된다. 그들로 인해 조정의 기강이 어지럽게 된다면민란이라고 아니할 수 없다. 이들을 회유하여 해산하는 임무를 주겠으니 경은 지금 내 명을 받들어 길을 떠나도록 하라.*

믿을 신하가 없었다, 황제는, 유약한 임금 고종은
새싹 올라오는 초봄, 밤새 잠 못 들고 뒤척이다가
빠른 말 태워 신하를 보내어 면암을 불렀다
눈 빠지게 궐문을 바라보며 왕은 면암을 기다렸다
하루해 저물도록 기다렸으나 적막하다
근정전은 적막에 쌓여 개미 새끼 한 마리 얼씬 않고
대체 오기는 누가 와?
덕수궁 정원에 봄 까치 한 마리 울기 시작했다

* 각부군 선유대원 : 정2품 자헌대부 최익현이라는 어명으로 시작되는 이 서류는 현재독립기념관에 보관되어 있다. 선유대원이란 당시에 여기저기서 발발하는 의병을 회유하는 임무를 띤 대신으로 정2품의 품계다.

* 1896년 2월 20일, 고종이 면암(64세)에게 내린 조칙.

한 뜨거움의 증류수

- 면암, '각부군 선유대원' 벼슬을 거절하다

삼가 아룁니다. 하늘이 돌보지 않아 우리 대행왕후께서 갑자기 서럽게도 흉한 일을 당하시매, 팔도의 민중들이 어른 아이 할 것 없이 모두 통곡하여 원통함을 외치면서, 맹세코 역적들과 더불어 하늘과 땅 사이에 같이 살지 않으려고 합니다. 더구나 신같이 형편없는 몸이 일찍이 천지와 부모같이 재조해 주신 은덕을 입어 생명을 보존하여 오늘에 이르게 된 사람이야 또한 어찌 십족十族을 버리고서라도 큰 원수를 갚으려고 하지 않겠습니까?

돌이켜 보간대 신이 재주가 부족하고 힘이 모자라, 이미 능히 책의가 왕망을 친 것과 같이 군사를 일으키지 못하고, 또한 능히 장량이 한나라 원수를 갚은 것과 철퇴를 마련하지 못하였기에, 다만 빨리 죽어서 여귀厲鬼가 되어 역적들을 소탕하여 이 생애에 씻지 못한 원통함을 갚고야 말기를 바랐습니다. 이어 역적의 무리가 끝까지 흉계를 부려 임금과 신하를 협박, 심지어 단발하는 화까지 있어 온 나라의 풍속을 바꾸려고 하니, 신은 이에 더욱 그 죽음이 더딤을 한탄하면서 차마 종사와 민생이 흙탕 속에 빠지는 것을 보고 있을 수 없었습니다. 그리하여 지난해 12월에 역적에게 잡혀 달이 넘도록 갇혀 있다가 마침 국가에서 역적들을 토죄하는 기회를 만나 비로소 석방되어 돌아갔습니다.

신이 비록 살아서 고향으로 돌아가 마음대로 누웠다 일어났다 할 수 있으나, 위로 성상이 대궐을 떠나 밤이나 낮이나 근심을 놓지 못하심을 생각하고, 아래로는 백성들이 의거하여 동족끼리 서로 죽임을 생각하니, 신이 목석이 아닌 이상 어떻게 마음을 진정할 수 있겠습니까?

바야흐로 피로와 고달픔이 병이 되어 고통을 받고 있는 즈음에, 갑자기 고을 수령이 한 장의 어명을 받들고 와 전하였는데, 신으로 하여금 모든 고을의 의거한 사람들을 선유하도록 하신 것이기에, 신 두 손으로 받들어 읽어 보니, 비록 그 문구의 체제가 나라의 체통에 결함됨이 있기는 했으나 그 말씀하신 뜻의 지성스럽고 측은함이 성상께서 백성을 아끼고 살리기를 좋아하는 덕이 보통보다 뛰어남이 만만 배나 됨을 알 수 있었습니다. 비록 어둡고 완고하여 무지한 무리일지라도 모두 응당 감복하여 눈물을 흘리며 복종할 것인데, 더구나 그들은 모두 충성과 의리를 앞세운 백성들로서 그 천성의 발로를 스스로 그만둘 수 없음이 참으로 성상의 분부에 말한 바와 같은 자들이며, 또한 어찌 두리번거리며 주저하며 해산하여 돌아가기를 생각하지 않을 이치가 있겠습니까? 또한 신하된 사람으로서 임명받은 것을 태평한 때라면 사양할 수도 있겠지만 어찌 위태하고 어려운 시기를 당하여 피하려고 할 수 있겠습니까?

　다만 신이 용서받지 못할 큰 죄가 있고, 또한 이해되지 않는 바가 있습니다. 신이 병자년 강화조약 초두에 비록 망령되나마 상소문 한 장을 전달하였는데, 말이 분명하지 못해서 능히 성상의 뜻을 감동시켜 들리지 못하여, 뒷날의 화와 실패가 이와 같이 되게 했으니 신의 죄를 용서하지 못할 것이 그 첫째입니다.

　잔악한 무리들이 정사를 어지럽혀 오랫동안 고질이 되고 폐단이 되매, 주상의 위신이 날로 떨어지고 나라의 형세가 날로 기울어지는데도 신은 한갓 염치만 지키고, 아는 것을 과감히 말씀드리지 못하여, 저절로 임금을 망각하고 나라를 저버리는 죄과에 빠졌으니 신의 죄 용서받을 수 없는 둘째 이유입니다.

　해마다 나라의 변란이 임오·갑신·갑오년 및 작년과 같은데도 비록 그때 대궐 밖의 엎디어 다소 도리는 밝혔지만 끝끝내 능히 몸을 망각하고 생명을 던져 역적을 토죄하고 임금을 구출하는 계책을 하지 못하여, 사람의 도리가 끊기고 신하의 도리가 없게 되었으니, 신의 조를 용서하지 못할 셋째 이유입니다.

신하된 사람으로서 지은 죄가 이 중 하나만 있더라도 벌을 면치 못할 것이 분명한데 더구나 신은 이 세 가지 큰 죄를 겸했습니다. 비록 성상의 망극한 은덕으로 잠시 살아 있기는 하지만 마땅히 백세를 두고 군자들의 책망을 받을 것인데 어찌 부끄럽게 낯을 들고 당당한 의병 앞에서 왕명을 전할 수 있겠습니까.

이는 이미 그렇거니와 신이 경저에 갇혀 있을 때인 작년 12월 28일에 여러 사건을 듣거나 목격했는데 역적의 괴수 김홍집과 정병하는 모두 죄를 받았으나 조희연과 유길준 이하 모든 역적들은 도망쳐 잡지 못했습니다. 대체로 죄가 역적보다 더 큰 것이 없으니, 비록 만 토막으로 베고 그의 십 족을 멸망시키더라도 오히려 신령과 사람들의 울분을 씻을 수 없는데, 지금 죄를 주면서도 그 죄를 분명하게 바로잡아 온 나라에 호령하지 않고, 도망갔는데도 그들의 처자를 잡아들여 엄중하게 물어서 도망간 곳을 알아내지 않고, 다만 심상한 작은 죄와 같이 하여 한결같이 불문에 붙여 오직 가볍게 하기만 힘씁니다.

대체로 죄인들을 연루시키지 않는 것은 중국 문왕의 통치 방법입니다. 그러나 지금의 김홍집·정병하 조희연·유길준 등과 같은 시역의 큰 사고를 두고 말한 것이 아닙니다. 더구나 또한 도망가 죄 주지 못한 자들을 어찌 놓아주고 다시 묻지 않아서 역적들로 하여금 기탄하는 바 없이, 그 남은 종자들을 양성하여 뒷날의 걱정거리를 남기게 하겠습니까? 이는 명칭만 역적을 토죄하는 것이지 실지는 놓아주는 것입니다.

지금 이렇게 하면서 신으로 하여금 구차하게 변명하는 말을 하여 역적을 토죄하는 대중을 해산시키게 하려 하나, 그들이 만약 이러한 사실을 가지고 험난하게 되면 신의 말과 경위가 굴하게 될 것인데, 어떻게 능히 성상의 뜻을 널리 펴게 할 수 있겠습니까? 이것이 이해되지 않는 것이 첫째입니다.

고금에 시역한 변란이 없는 때가 없었지만, 모두 그 나라의 신하에게서 생겼습니다. 지금은 여러 나라가 강화講和하여 사해가 하나로 되었으니, 마땅히 걱정거리는 같이 돌보고 원수는 같이 미워하며 신의로써 서로 접해야 될 것이지만, 저 왜적들은 이웃나라와의 우의를 생각하지 않습니다. 앞서는 박영효와 서광범, 뒤에는 조희연과 유길준이 모두 그들과 함께 음모하고 반역하지 않는 일이 없었고, 또 여러 해 동안 반란을 저지르면서 도망치는 소굴이 되어 주고 있습니다.

신이 듣건대 각국이 통상하는 데에는 이른바 공법이란 것이 있고 조약이란 것이 있다 합니다. 공법과 조약이란 것에 과연 이웃나라의 역적을 도와 남의 나라 임금을 협박하고 남의 나라 국모를 시해하라는 문구는 있겠습니까? 필연코 그럴 이치가 없을 것이니, 만일 과연 없다면, 그 이른바 공법이나 조약이란 것을 마땅히 어디다가 써야 합니까?

이미 공법을 세웠고 조약을 만들었으니 마땅히 왜놈들의 죄를 밝혀 각 나라에 글을 보내어 군사를 출동시켜 죄를 묻도록 하여 분개와 미워함을 같이하는 것이 대의입니다. 지금은 그렇게 하지 못하고, 우리는 벌써부터 왜놈이 두려워 감히 입을 열지 못하고, 각 나라는 또한 당연하다고 보고 있습니다.

지금 모든 고을의 의병들이 줄기차게 왜놈들을 처치하지 않고서는 원수를 갚을 수 없다고 하니, 그 명분이 이미 바르고 그 말이 역시 순조롭습니다. 가령 신이 유지諭旨를 가지고 내려가 형편을 들어 깨우치다가, 그들이 만약 "대의에 의거하는 것이요, 성패는 상관하지 않는다"고 한다면, 신이 무슨 말로 거기에 대답하겠습니까? 이는 신이 이해하지 못하는 것의 둘째입니다.

개화 이후부터 선왕의 법제를 모두 고치고 한결같이 왜놈의 지휘대로 하여 중화를 오랑캐가 되게 하고 인류를 금수가 되게 하였으니, 이는 개벽 이래 있지 않던 큰 변란인데, 머리를 깎는 일은 더욱 심한 예입니다. 다행하게도 성상께서 마음을 돌이켜 의복과 갓까지 아울러 들어 편리한 대로 하라는 분부가 있게 되었으니, 이는 진실로 하늘의 해가 거듭 밝아지는 때이겠습니다. 그러나 위로부터 명쾌하게 머리를 기르라는 분부가 계심을 듣지 못하였기에, 아직까지 머리를 보존하였던 몇몇 신하들은 도리어 애통하다는 조서가 내린 뒤에 깎았습니다.

아아. 성상께서 마음에 어찌 또한 중화와 오랑캐에 대한 따름과 배반함을 경각이라도 더디게 할 수 없음을 알지 못하셨겠습니까? 다만 이미 자른 머리를 갑자기 기를 수 없기 때문에 서서히 처리하려 하신 것입니까. 그러나 저 지극히 우매한 백성들이 망령되이 서로 짐작만 하고서, 성상께서 오랑캐 따르기를 즐겨서 백성들을 너무 속인다고 하며, 서로들 와전하여 깨뜨릴 수 없으니, 신이 비록 성상의 유지를 받들고 가 명령에 따르지 않음을 책하더라도 저들은 반드시 "어찌 명령하는 것이 우리가 좋아하는 것과 반대되느냐?"고 하면 신이 또한 대답할 말이 없을 것입니다. 이것이 신이 이해하지 못하는 것의 셋째입니다.

지금 신이 이미 큰 죄를 지었으나 조정에서 거행하는 것 중에 이해할 수 없는 것이 또한 이와 같으니 신이 비록 힘써 명령을 받들더라도, 두렵거니와 일에는 유익함이 없고 한갓 국가의 체면만 손상될까 싶습니다. 대체로 일이란 의리대로 하면 순조롭고 의리와 배반되면 거슬리는 것이니, 지금 시급히 왜놈들의 죄를 하나하나 들어 글을 만들어 동맹한 각 나라에 전달하되 공법으로써 참조하고 조약으로써 증거를 댄다면 우리의 의리는 진실로 이미 분명하고 정당한 것이요, 저들이 공법을 어기고 배반한 죄는 장차 만국의 공론을 도피할 수 없게 될 것입니다.

그리고서 우리의 군사를 정돈하여 일본에 가서 죄를 묻는다면, 저 각 지역의 군사들은 진실로 모두 이를 갈고 마음을 썩이며 몸을 버려 의리에 나설 사람들이니, 만약 그 두목들을 선발하여 대신이나 무관의 소임을 주어 각각 그 무리들을 지휘하여 진격하도록 하면 이미 일어난 사람은 말할 것도 없고 아직 일어나지 않은 사람도 어찌 소문을 듣고 서로 이끌고 나와 다투어 국가의 일에 죽으려고 하는 자가 없겠습니까? 이것은 그래도 오늘의 중책은 될 수 있고, 가령 그 강하고 약한 기세를 비교하고 많고 적음이 대적되지 않음을 헤아려 가능한 시기를 기다리되, 또한 마땅히 우리의 전례를 보전하고 우리의 문물을 회복하여 무릇 정사와 법령에 조금이라도 오랑캐 풍속에 물든 것은 일체 폐지하고, 다시 애통하게 여기시는 조서를 내려 분명하게 깨우쳐 고치는 뜻을 보이신다면 저 벌처럼 둔치고 개미처럼 모인 무리들은 장차 선유를 기다리지 않고 모두 군기를 버리고 해산하여 돌아가게 될 것이니, 이는 하책입니다.

만일 그렇게 하지 않고 한갓 백성들의 시끄럽고 어지럽게 하는 것만 미워하여 구차하게 눈앞만 진정시키려고 하며, 왜놈들의 역적 보로가 전과 같고 조정의 체발이 전과 같다면, 저 지극히 우매하면서도 신통한 백성들이 어찌 스스로 속기를 즐거워하며 홀연히 해산하고 돌아가려고 하겠습니까? 대체로 해산하여 돌아가려고 하지 않게 되면, 반드시 우레와 벽력 같은 군사가 뒤따르게 되어, 만나는 때마다 절단나지 않음이 없게 될 것입니다. 아아. 이들은 본래 우리 성상의 백성인데 군사를 몰고 가 그들을 죽이는 것이 어찌 성상이 할 일이겠습니까? 이는 쓰지 못할 계책입니다. 중책을 쓰신다면, 신이 비록 늙었지만 그래도 마땅히 관군의 선두가 되어 죽음도 감히 사양하지 않겠습니다. 만약 할 수 없이 하책을 쓰신다면 조정에 연세 높고 덕망 있는 적임자가 있을 것이니 신같이 못난 사람으로 구차하게 막중한 선유의 소임에 충당할 것이 아닙니다.

지금 이 두 가지 계책으로 하지 않고 한갓 신으로 하여 도로에 분주하게 하신다면 신은 차라리 임금의 명령을 어기고 오만했다는 죄를 받을지언정 진실로 감히 억지로 그 이해되지 않는 것을 무릅쓰고 천만 사람의 비웃음을 살 수는 없습니다.

신이 감히 명을 듣고 즉시 길을 나설 수도 없었으나, 또한 감히 편히 집에 있을 수도 없었기에 삼가 이렇게 길에 나와서 공손히 죽여주시는 죄를 기다리오니 오직 성상께서 재량하여 주소서. 신은 바라는 마음 간절하고 황공함을 이기지 못하면서 삼가 죽음을 무릎 쓰고 말씀드립니다.[*]

천하를 보는 시선이 시선에게 말하다
황토와 흰옷을 아끼는 마음이 마음에게 말하다
어지러운 정신을 수습하여
어지러운 마당을 바로잡고자 한 이들을
빗자락 놓고 안방에 들어가 쉬라
그리 말할 수는 없는 노릇 아니랴
면암은 속에서 울렁이는 한 뜨거운 증류수를 뱉었다

[*] 1896년 2월, 면암이 고종에게 올린 선유대원 거절 상소문 전문

[*] 십족 : 멸족은 9족까지 하는 것이 상례였는데 명나라 성조가 방효유를 멸족할 때 구족 외에 그 집의 식객 문인까지 죽여 생겨난 말.

면암, 시무책을 올리다

무엇을 자꾸 먹으라는 것인가
늙은 황제는 기막혔다
더 기막힌 이들은 무지렁이 백성들이다
일본군 군홧발에 온몸 찢겨
넝마, 그 한 조각의 낡은 천으로 상처를 싸맸다
심장이 멈추었어도 뛰어가라
가야 한다, 뛰어가야 한다는 채근,
단 한 가지 시무책도 쓸 수 없는 막다른 골목에서
늙은 황제가 할 일은 없었고
삼천리강산은 그때 이미 갈라졌다

* 시무책 : 1898년 10월, 면암이 고종황제께 올린 상소문으로 '시무12조진소'이다.

호서 정산으로 이주하다

우렁이 껍질 속으로
소문 없이 들어가 숨어 지내다 보면
우렁이 껍질도
제 생애를 잃듯이
청양 고을 산중 마을이여
그대도 나도
서로 찾지 말고 흔적 없이 사라지라

* 호서 정산 : 충남 청양군 목면 나분동길 12

숨 터

- 차자次子 영학永學과 삼남 영복永福에게 보낸 편지문

집을 나온 지 어느덧 석 달이 되었구나. 걱정을 견디기가 어려운 내 심정으로 미루어 가족의 심정이 나와 같을 것을 알겠다. 그동안 시하 신상이 어떠하며 대소가 모두 평안하고 작은댁 두 노인과 아이들이 다 걱정 없느냐? 또 너의 형은 예정대로 올라와서 신접新接 범절이 점차 정돈되어 가는지, 너의 어머니 행차는 어떻게 하는지 여러 가지로 염려된다.

나는 동쪽 길을 택해 제천堤川에 이르러 근력이 견딜 만하므로 미치광이 같은 생각이 나서 죽령竹嶺을 넘어 예안禮安을 지나 도산서원을 참배하고 곧바로 남쪽으로 내려가 6월 초사흘에 경주에 이르렀다. 그런데 처음에는 4, 5일 머문 뒤 계속해서 합천陜川 등지에 이르러 삼복을 지내고 떠날 예정이었으나, 여러 종씨들의 만류와 찌는 듯한 더위 때문에 마음도 못 내고 어느덧 40여 일이나 머무르게 되어 평생에 고국故國을 두루 돌아보려던 소원은 비록 성취한 셈이나 한 해에 한 번 있는 부모님 제사를 잊어버린 듯했으니, 마음에 죄 지은 것은 말할 수 없거니와 남들의 비방 또한 얼마나 당할지 모르겠다.

서울과 호남은 비가 얼마나 왔는지 알 수 없으나, 전하는 바에 의하면 적지赤地를 면치 못한 듯하니 죽을 때가 가까운 듯하여 무어라 말하겠느냐?

교군은 중도에서 돌려보낼 예정이었으나 일이 뜻대로 되지 아니하여 처음부터 지금까지 데리고 왔는데, 제일 걱정되는 것은 그의 처자가 다른데서는 돌보아 줄 데가 없고 조석을 이어갈 길도 전혀 없는 형편이니, 보리를 주라고 한 것이 떠날 때 부탁한 대로 잘 되는지 모르겠다. 혹 그렇지 못하다면 모름지기 특히 주선하여 곤경을 면하게 하여라.

상사上舍도 평안히 지내느냐? 멀리서 하는 편지라 따로 편지 못하고
이만 그친다*

중화당 방문을 열면 거기,
내가 숨 쉬는 터전, 너의 숨결들이
배롱남무 꽃송이,
붉은 음성으로 매달려, 아직도 매달려
내 숨을 너희에게 주고
붉디붉게 허공을 물들이다

* 면암의 둘째, 셋째 아들 영학과 영복에게 경자년(1900년. 광무4년. 7월 12일)에 면암이 보낸
  편지문 전문으로 이때는 면암이 호서의 정산으로 이주한 때다. 이 편지문은 세심하고
  다정다감한 면암의 성품을 엿볼 수 있는 귀한 사료이다.

정산 이주하여 강회를 열다

대문 빗장이 대문을 열고 닫다
작은 체구의 빗장이
집이라는 거대한 물체를 열고 닫는 열쇠이다
정산 낮은 구릉지는 인근에서
선비들을 불러 구정동사에 모이게 하다
열띤 토론과 충정의 입김들이
배롱나무 꽃망울이다
꽃나무는 언젠가는 꽃을
언젠가는 반드시 꽃을 피울 것이다

* 1900년 음력 시월의 일이다. 여기서 면암은 위태로운 국가의 현실 타개 방법론을 인근의
  선비들과 한자리에서 모여 토론에 토론을 거듭하다.

예산의 의기

- 면암, 예산에서 예산 선비들을 만나다

임존성 백제 할아버지들은 살아 계셔라

천년, 그 이전부터 임존성벽도 눈 뜨고 계셔라

죽음으로 죽음을 살린

무명의 백제 고을은 오산현, 예산의 뿌리로 계셔라

광시에서 사는 김재정 선비여

오가의 윤자형, 신례원의 남규진 선비여

장비의 장팔사모丈八蛇矛이거나 관운장의 청룡언월도靑龍偃月刀도 역시

이 고을 예산에서 숨 쉬고 계셔라

뜨겁게 불타오르는 의기도 여전히 잘 계셔라

열두 고비 고난과 역경을 딛고 일어서는 생명력의 고을, 백제

결코 결단코 굴하지 않는 백제의 정신,

훗날 나는 반드시 다시 오리니

임전무퇴臨戰無退의 영혼도 잘 계셔라

* 김재정 : 면암은 친히 예산에 오셔서 유숙하시면서 예산에 거주하는 여러 선비들을
  만났다. 이들은 거의가 다 의병에 참가하였으며 특히 김재정 의사는 일우 김종한 의사의
  선친으로 명망이 높았다.

검은 나목裸木
- 의정부 찬정, 벼슬을 거절하다

성상께서는 자질이 순박하고 인자하시며 남을 사랑하고 옛것을 좋아하십니다. 그러나 마음이 외래품에 현혹되고 성품이 욕심 부리는 일에 습관이 되었으며, 유약함은 넉넉하나 강단이 부족합니다. 작은 일에 밝고 큰일에 어두우며, 아첨을 좋아하고 정직을 좋아하지 않으며, 안일을 알고 노고를 알지 못하시어, 삼십여 년 동안 하늘이 위에서 경고하는 것을 깨닫지 못하고 백성이 아래에서 원망하는데도 돌보지 않으시어 오늘날 화를 초래한 것입니다.

허물고치기를 아낌없이 하시고 충언 듣기를 물 흐르듯이 하시며, 누구도 빼앗지 못할 용기를 기르시고 금석도 꿰뚫는 성의를 가지시면 하늘도 돌보고 저 또한 도울 것입니다. 만일 그렇게 하지 않으면 강한 적들이 틈을 노리고, 도망간 역적들이 다시 난을 일으킬 것입니다.

조정에는 의지할 신하가 없고 백성은 들고일어날 형세를 보이고 있습니다. 임금이라는 자리는 고립된 데다가 하늘의 뜻도 쉽게 헤아릴 수 없으니 비록 지혜로운 사람이라 하더라도 어찌할 수 없을 것입니다. 마음을 굳게 먹고 위로는 하늘의 뜻을 헤아리고 아래로는 백성의 아픔을 돌보소서.*

면암은 고종황제가 내린 의정부 찬정을 거절하다
매사 거절상소로 그 횟수조차 헤아리기 어렵다

개혁을 하지 못하면 국가를 혁신하지 못한다
면암은, 붓으로 따지고 논쟁을 그치질 않았다
국가정국 경영이라는 피비린내의 살벌한 현장,
온몸을 던져 험난하고 위태로운 민중의 고달픈
살림살이나 백성을 돌보는 정치 현장에 뛰어들어
뛰어들어 맞부딪치면서 새로운 변혁에 맞서지 않다
영의정과 국사를 논의하라는 벼슬도 거절,
오로지 붓이다, 면암은 오로지 붓을 들어 말하다
왕의 칙명을 일체 거절, 유유히 농사짓다가
국가존망을 앞둔 시국을 빌미로 다시 상경하여
국난을 근심하는 상소 올리길 수십 차례다
의정부 찬정, 정부 요직에서 국사를 다루지 않았다
오로지 면 외곽에서 오로지 벼루 먹물 튀어
낙엽 지는 시월의 나무는 검은 나목이 되었다

* 의정부 찬정 : 1896년부터 1905년까지의 의정부 소속 직원(회의원)이다. 1896년 9월 신
  설되었고 전임 찬정과 각부 대신이 당연직으로 겸임하는 찬정 두 종류가 있는데, 영의
  정과 대신들은 겸임찬성이고 전임찬성이 5명으로 구성되어 있으며 국가의 주요시책을
  이 자리에서논의 의결하던 조선 말기 최상위 중추기관이다. 면암은 고종황제의 이 벼슬
  을 거부한다. 1898년(면암 66세) 10월의 일이다.
* 면암이 의정부 찬정 벼슬을 사양하는 상소문 전문.

중화당中和堂

낮은 산 구릉지 중화당에 가면
면암을 마주하던 배롱나무 한 그루 눈망울이
켜켜이 마루에 쌓여가네
죽음이 쌓여 있는
마루의 죽음들에게 나눠주는 안광,
낮은 산 구릉지 중화당에 가면
면암을 마주하던 배롱나무 한 그루 눈망울이

* 중화당 : 충남 청양군 목면 나분동길 12에 있는 면암 선생 고택. 1900년 4월 경기도 포천
  에서 호서정산으로 이사하여 기거하셨던 집이다.

80

궁내부 특진관

대한제국을 일신하고자 면암이여
그대에게 제국의 황궁사무 일체를 맡기노라
궁내부 특진관,
고종황제는 면암에게 벼슬을 내리다
면암은 이마저도 냉정히 거절하는 상소를 올리다
대한제국 황제는 이 일로 절망하다

* 궁내부 : 궁중 사무를 총치總治하기 위하여 설치한 것으로서 갑오경장을 시작할 때 창설한
  것으로 그 칙임관을 특진관이라 한다. 1902년, 광무5년, 면암 70세 때, 4월의 일이나
  면암은 이에 대하여 1차, 2차, 3차 사피상소를 올려 거절한다.

한일의정서

조선 농부들이 들과 산으로 농사 채비를 차릴 즈음이다
대한제국은 구슬픈 비명을 지르며 죽어가는 도살장의 황소였다
콧김 씩씩거릴 뿐, 그 어떤 눈 부라림도 없이 고분고분하다
멍청하게 도끼 쳐든 팔목을 숨죽여 쳐다볼 뿐이었다
그 수다한 조선 선비와 잡다한 잡탕 호걸들은 다 어디 있나
무너져 가는 왕조는 둘째, 백성의 유리걸식을 어찌할 것인가
잃어버린 미래와 시대를 깨부술 그리운 광기가 사라졌다

* 한일의정서 : 제1조 한·일 양제국은 항구불역恒久不易할 친교를 보지保持하고 동양의 평화
를 확립하기 위해 대한제국 정부는 대일본제국 정부를 확신하고 시정施政의 개선에 관하
여 그 충고를 들을 것.
제2조 대일본제국 정부는 대한제국의 황실을 확실한 친의親誼로써 안전·강녕康寧하게 할 것.
제3조 대일본제국 정부는 대한제국의 독립과 영토 보전을 확실히 보증할 것.
제4조 제3국의 침해나 혹은 내란으로 인해 대한제국의 황실 안녕과 영토 보전에 위험이
있을 경우 대일본제국 정부는 속히 임기응변의 필요한 조치를 행하며, 대한제국 정부는
대일본제국 정부의 행동이 용이하도록 충분히 편의를 제공할 것. 대일본제국 정부는 전
항前項의 목적을 성취하기 위해 군략상 필요한 지점을 임기 수용할 수 있을 것.
제5조 대한제국 정부와 대일본제국 정부는 상호의 승인을 거치지 않고는 본 협정의 취지
에 위반되는 협약을 제3국과 체결할 수 없다.
위와 같은 내용의 한일의정서는 1904년 2월 23일 외부대신 이지용과 일본국 공사 하야
시와 일본 제12사단장 이노우에의 협박에 의하여 강제로 체결되었다. 이에 따라 러일
전쟁의 개전과 더불어 조선에 진주한 일본군은 진용을 정비한 뒤, 같은 해 3월 11일 한
국임시파견대를 한국주차군으로 개칭하고 3월 17일 추밀원의장 이토 히로부미[伊藤博文]
를 특파대신으로 서울에 파견하여 의정서에서 규정한 내용의 실천을 한국정부에 강요
했다. 나아가 의정서에 근거해 군사적 목적을 위하여 대한제국 토지를 무단 강탈하여 군
용지로 점령했고, 1904년 3월말에는 한국의 통신기관도 군용으로 강제로 접수하여 무
단 사용하기 시작함으로써 대한제국은 일본의 속국으로 전락하는, 강제로 문호를 개방
하기에 이르렀다.

제1차 한일협약 체결

풀잎 피리 부는 입술에
붉은 목울대가 부젓가락처럼 튀어나왔다
단번에 음성을 잃었다
사람 음성이 아닌 기괴한 짐승 울음이 퍼졌다
짐승들이 몰려들고
짐승들이 입맞추고
짐승들이 포옹하는
인간짐승의 시대가 열리고 있었다

* 제1차 한일협약第一次韓日協約 : 이 협약은 러일전쟁이 한창 진행되던 1904년 8월 22일 대
  한제국과 일본 제국 사이에 체결된 협약이다. 협약의 정식 명칭은 한일 외국인 고문 용
  빙에 관한 협정서(韓日外國人顧問傭聘에 關한 協定書)로 그 내용은 다음과 같다.
  1. 대한 정부大韓政府는 대일본 정부大日本政府가 추천하는 일본인 1명을 재정고문으로 하
     여 대한 정부에 용빙하고 재무에 관한 사항은 일체 그 의견에 따라 시행할 것.
  2. 대한 정부는 대일본 정부가 추천하는 외국인 1명을 외교고문으로 하여 외부外部에 용
     빙하고 외교에 관한 주요 업무를 일체 그 의견에 따라 시행할 것.
  3. 대한 정부는 외국과의 조약을 체결하며 기타 중요한 외교 안건, 즉 외국인에 관한 특
     권 양여特權讓與와 계약등사契約等事의 처리에 관해서는 미리 대일본 정부와 협의할 것.

고종의 밀서

    짐의 근심이 매우 커서 경의 노숙한 덕을 사모하노라. 짐은 자리를 비우고 대신 경을 맞이하여 이 위기를 모면할까 하여 최영년을 보내어 짐의 간절한 뜻을 전한다. 경이 거듭 노쇠하다고 말하지만 빨리 와서 짐의 애타는 마음에 부응하면 이 나라와 강토를 위해 다행이겠다.[*]

'자리를 비우다'
황제 옥좌를 비워놓고 경을 맞이하려
진심을 다하는 고종의 밀서,
'자리를 비우다'
이 밀서에 면암은 거절하는 상소를 올리다
다시 또 고종이 칙서를 보내길 무려 네 차례,
황제는 애타는 심정으로 붓을 들어
면암을 부르고 또 부르다
면암은 그때마다 거절의 상소를 올리다

[*] 1905년, 고종이 면암(72세)에게 보낸 밀서 전문.

면암, 대궐 앞에서 철야 주청하다

폐하, 소신의 주청을 가납하여 주소서
외치고 외쳤으나
누구 한 사람 눈길 주지 않다
국가라는 실권은 이미 일본에 빼앗겨
황제는 허수아비로 전락,
깔고 앉은 멍석만큼의 힘도 없는
동짓달에
한자리에서 꿈쩍 않고 덜덜 떨며
철야 주청하는 머리 위로
젖은 날개 굴뚝새 한 마리 날아가다

* 1905년 1월부터 면암은 궐문에서 상소투쟁을 하다.

저 결벽

면암이 한양여관에 기숙하며 겨우 끼니를 잇는다는 말
꾀죄죄한 몰골에 피골이 상접한 일흔두 살의 노인이
홀몸으로 배 곯으며 겨우겨우 목숨을 연명한다는 그 말에
고종황제가 돈 3만 원과 쌀 석 섬을 면암에게 하사하다
여관에서 이 큰 돈과 쌀을 받은 면암의 처신을 보라
하룻밤 모셔두었다가 거절상소와 함께 황제께 반납하다
일체의 벼슬도 거절하고 일체의 하사품도 거절하며
허기지고 깡마른 몸으로 줄기차게 상소로만 경영하여
고향집 가솔들과 면암 자신도 신열에 시달리는 저 결벽

* 하사 : 고종황제는 1904년 연말에 면암에게 돈3만 원과 쌀 석 섬의 하사품을 내렸고,
  면암은 1905년 정월 초하룻날 이 하사품을 도로 궁으로 반납한다.

경기도관찰사

황제가 경기도관찰사를 제수하였다
면암은 어명을 거부하고 입궐 않다
그 대신 엉뚱 팔방으로
조선국 회복의 의병을 꿈꾸나
군자금도 전략도 없이 군사력도 없이
전쟁을 모르는 오합지졸과
의분만으로의 의병봉기는 그 자체로 필패라
조선 황토에 핏물 흥건하다
머잖아 의병 오백을 투항시키고
뜬구름 따라 하늘길 가는 노인

* 경기도관찰사 제수를 받은 해는 1905년 1월 14일의 일로, 면암이 73살에 이르렀을
  때이다.

고향집 바깥마당의 음성

출생지인 포천이 바라보고 있다
일본 헌병들이 연행하여 포천집 마당에
짐짝처럼 부려놓는 백발노인이
옭죄어 온 포승줄을 풀다가 쓰러지는 모습을

평생 해 온 그대로 붓을 들었다는
일본국에 빌붙어 국사를 처리한 도적을 처형하라는
면암의 붓글씨들도 면암을 바라보고 있다

– 입관 일시가 얼마 남지 않았다
고향집 바깥마당이 중얼거리는 음성도

헌병대장의 엄지손가락

일본 헌병대에 체포되었으나 면암은 웃음이 터졌다

이 고얀 놈들, 내가 내 손으로
황제께 상소를 올리는데 이 고얀 일본 헌병 놈들이
나를 죽이겠다는 것이냐 이 고얀 놈들

면암 불호령이 영내를 뒤흔들자
일본 헌병대장의 엄지손가락이 저절로 척,
하늘을 가리켰다 아니, 이런
아니, 조선 땅에 아니, 이런 노인이 진짜 조선에서
살아가고 있다는 것이냐

다카야마 오른손 엄지손가락이 놀라 자빠지다

* 다카야마[高山逸明] : 일제의 한국주차헌병대 대장 이름.

묶이다

조선 성리학의 오랏줄이
쇄국정치에 골병든
한양 초가집 호롱불을 꺼버린 뒤
서원을 묶다가 면암의 카랑카랑한 음성을 포박하다
죄명은 상소를 올린 점이다
음성 잃은 새는
혀까지 꽁꽁 묶여서
홀로 눈물 흘린
동공까지 검은 천으로 묶이다

무덤의 통곡 소리

- 을사오적

허기를 개, 돼지 먹이로 내어주는 도적놈들의 창궐,

낯 두꺼운 을사오적, 간신배를 탓하지 말라

조선이 성리학에 묶이고 상업을 가장 천시할 때이다

그때 이미 오백 년 한양 궁궐이 금가기 시작하다

사방이 암흑 덩어리로 메워져 지척을 분별하기 어렵다

외세에다 양반 수탈에 순한 민심이 등 돌리고

유구한 한강 물줄기가 스스로 바싹 마른지 오래다

유약한 데다 노쇠한 늙은 황제는 공연히 콧물 훔쳤다

왕권강화를 들어 단칼에 세도정치를 자른

대원이 대감 이하응 무덤의 통곡소리 심란하다

* 을사오적乙巳五賊 : 을사오적이라 함은 이 을사조약의 체결에 찬성했던 학부대신 이완용, 내부대신 이지용, 외부대신 박제순, 군부대신 이근택, 농상공부대신 권중현을 가리킨 다. 1905년 러일전쟁에서 승리한 일제는 11월 17일 이토 히로부미를 특파대사로 보내 어 을사늑약이라고도 하는 '한일협약안'의 체결로 조선을 병탈하다.

면암, '청토오적서' 상소문 올리다

　박제순 이하 역적은 나라 팔아먹는 것을 능사로 삼고도 태연무심하니 이들은 진실로 만 번 능지처참해도 오히려 죄가 남을 것입니다. 저 왜적들은 조금 강성함을 믿고 기세가 교만하여 이웃나라를 협박해서 원한 사는 것을 능사로 하며 맹약 파괴하는 것을 장기로 삼아 이웃나라의 의리를 생각하지 않고 각국의 공론도 돌보지 않으면서 오로지 나라를 빼앗고자 방자한 행동을 꺼리지 않았습니다.

　폐하의 자리가 아직도 바뀌지 않았고, 백성이 아직도 없어지지 않았고, 각국 공사가 아직도 돌아가지 않았고, 조약문서에 폐하의 윤허가 내리지 않았으므로 다만 역신들이 강제로 조인한 헛것에 불과합니다. 마땅히 박제순 이하 다섯 역적의 머리를 베어서 나라 팔아넘긴 죄를 밝히고, 외무부대신을 갈아 거짓 맹약의 문서를 없애버리도록 하고, 또 각국 공관에 급히 공문을 보내 모두 모은 다음, 일본이 우리를 협박한 죄를 물을 것입니다.*

수레가 없었다, 수레가 있어도
수레바퀴가 없었다, 외양간은 있어도
송아지는 없었다, 총칼은 있어도
화약과 병사가 없었다,
국고는 텅 비었다,
있는 거라곤 죄 없이 유린당하는
국토와 백성들이 있었다

아니, 눈 코 입 귀를 상실하여
머잖아 독살 당할 처지의
위급존망의 황제에게
청토오백만적서를 올린들, 통재라
실질 없는 허상의 외침이
겨울 목화밭에 뒹굴었다

* 면암이 1905년 12월 고종황제께 올린 상소문인 '청토오적서' 일부

혈죽血竹

다섯 치 될까, 그 작은 칼로 사정없이 배를 눌렀다
흉배에서는 피 철철 흐르지만 목숨이 끊어지지 않았다
충정공이 다시 팔을 올려 목을 누른 그 칼이다
그 칼을 놓았던 자리에 죽竹이 자라났다
절대로 영혼 따윈 없다 쉬이 말하지 말라
방바닥을 뚫고 솟아오른 저 죽竹이 영혼 아니랴
마흔네 개의 불꽃 이파리를 이마에 달고
마흔넷에 절명한 주인 대신 피어난 새 몸 아니랴

* 충정공 : 고종황제의 시종무관장 민영환의 시호이다. 을사조약이 체결되자 충정공 민영
  환은 백관을 거느리고 고종황제의 알현을 네 차례나 청하였으나 모두 거절당하자 1905
  년 11월 30일 새벽에 유서를 써 놓고 자결하다.

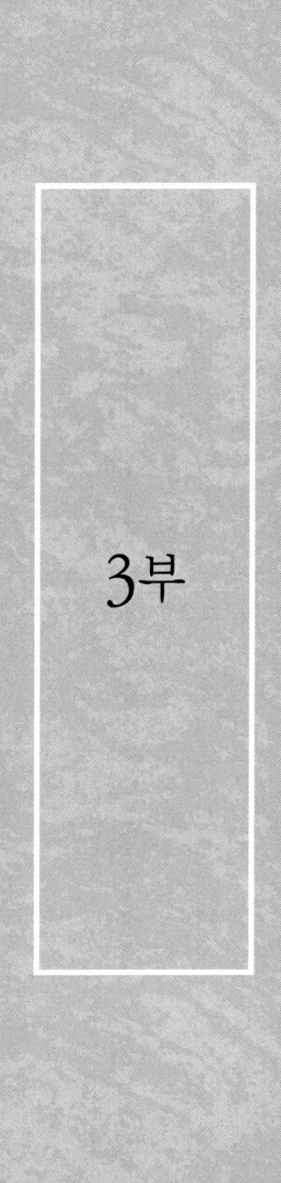

3부

면암, '포고팔도사민布告八道士民'을 쓰다

아, 원통하도다. 오늘날의 국사를 차마 말할 수 있으랴. 옛날에 나라가 망할 때는 종사만 멸망할 뿐이었는데, 오늘날에 나라가 망할 때는 인종까지 멸망하는구나. 옛날에 나라를 멸망시킬 적에는 전쟁으로써 하더니 오늘날에 나라를 멸망시킬 적에는 계약으로 하는구나. 전쟁으로 한다면 그래도 승패의 판가름이 있겠지만 계약으로 하는 것은 스스로 망하는 길에 나아가는 것이다.

아. 지난 10월 20일의 변은 전 세계 고금에 일찍이 없었던 일이다. 우리에게 이웃나라가 있어도 스스로 교류하지 못하고 타인을 시켜 교류하니 이것은 나라가 없는 것이요. 우리에게 토지와 인민이 있어도 스스로 주장하지 못하고 타인을 시켜 대신 감독하게 하니 이것은 임금이 없는 것이다. 나라가 없고 임금이 없으니 우리 삼천리 인민은 모두 노예며 신첩일 뿐이다. 남의 노예가 되고 신첩이 된다면 살았다 하더라도 죽은 것만 못하다.

더욱이 저들이 여우와 원숭이처럼 속이는 꾀를 우리에게 베푼 것으로 본다면 우리 인종을 이 나라에 남겨두지 않으려는 것이 매우 명백하다. 그렇다면 비록 노예와 신첩이 되어 살기를 구하고자 하나, 어찌 될 수가 있겠는가?

왜 그런가 하면 나라에 재원이 있는 것은 사람에게 혈맥이 있는 것과 같으니 혈맥이 다 끊어지면 사람은 죽게 된다. 오늘날 우리나라의 재원이 나는 곳은 크고 작은 것을 막론하고 저들에게 빼앗기지 않은 것이 있는가? 철로·광산·어장·삼포 등은 모두 한 나라의 재물을 내는 큰 근원인데 저들이 차지해 버린 지 이미 여러 해 되었다. 나라의 경영은 오직 세금에 있을 뿐인데 오늘날 모두 저들의 손아귀에 들어가 황실의 비용까지도 저들에게 구걸한 다음에야 얻는다. 세관에 출입하는 세금은 그 수가 적지 않은데 우리나라에서는 감히 묻지도 못하며, 전신국과 우편국은 통신기관으로 국가에 관계됨이 매우 중요한데 저들이 역시 빼앗아서 점거하고 있다.

토지로 말한다면 각 항구의 시장 및 정거장 따위는 거리로는 수천리요 가로로는 수십리나 되는데 모두 저들의 소유가 되어 버렸다. 또 산과 들의 기름진 땅과 삼림 중에 저들이 강제로 빼앗아 버린 것이 몇 곳이나 되는지 셀 수가 없다.

화폐로 말한다면 백동화폐는 진실로 큰 병폐이기는 하지만 그러나 사사로이 만든 나쁜 화폐는 태반이 저들이 만든 것인데 그것을 개정한다고 하면서 신구의 좋고 나쁜 것과 색질의 경중이 조금의 치파의 구별이 없는데도, 화폐 수만 배로 증가하여 다만 저들의 이익만 취하였고 또 통행할 수 없는 종잇조각을 억지로 원위화라 이름하여 우리로 하여금 혈맥이 고갈되고 모든 물건이 통하지 못하게 하니, 그 흉계와 독수는 아, 참혹하구나.

인민으로 말한다면 각처 철로의 역부와 러일전쟁 때의 화물을 운반하는 군사들을 모두 소와 돼지처럼 채찍질하고 몰아서 조금만 뜻에 맞지 아니하면 문득 죽이기를 풀 베듯이 하여 우리 백성의 부자 형제들로 하여금 원한을 가슴에 품고도 복수하지 못하게 하였으며, 전신·사서들의 전후에 걸쳐 상소한 것은 모두 나라를 위하여 충성스런 말을 올린 것인데 문득 포박하고 구속하여 대신과 중신들을 조금도 예우해 주지 아니하니, 그들이 우리를 경멸함은 다시 여지가 없다.

그들의 비서를 각 부처에 배치하여 고문관이라 하고 스스로 후한 녹을 먹으면서 그들이 하는 일은 모두 우리를 피폐하게 하고 저들을 위하는 일뿐이니, 이것이 진실로 이른바 '남의 음식을 먹으면서 남의 기와의 담을 무너뜨려 버린다'는 것이다.

이처럼 불법 무도하여 압박하고 겁탈하는 것 중에 큰 것만을 대강 들어도 이와 같다. 약속과 맹세를 지키지 않은 죄에 대해 말하면, 시모노세키 조약과 일아선전서日我宣戰書에 모두 대한의 자주독립을 명백히 말하였을 뿐만 아니라 우리 영토를 보호해 주겠다는 것이 한두 번이 아니었는데도 모두 가볍게 버리고 배반하여 조금도 어렵게 여기지 아니하였다. 처음에는 우리의 역적 이지용을 꾀어서 의정서를 만들고 마침내는 우리의 역신 박제순을 협박해서 지금의 신 조약을 만들어, 서울에 통감을 두고 외교권을 일본에 넘기도록 하여 마침내 4천년 지켜 온 우리 강토와 삼천리에 사는 인민을 저들의 내지 속민으로 만들었으나, 세계에서 말하는 보호국이라는 것만이 아니다.

그러나 속민이라 하면 오히려 그들의 백성과 평등한 대우를 받아 그대로 살 수 있을 것이니, 나라는 비록 망하더라도 인종은 멸망하지 않을 것이다. 그러나 이 세상에서 열거한 여러 가지 불법 무도한 일로써 본다면 그들이 과연 우리 인종을 이 나라에 남겨두려 하겠는가? 반드시 우리 백성을 구덩이에 묻어 죽이지 않으면 광막한 불모지에 내쫓고 그들의 백성을 옮기고 말 것이니 이것은 서양에서 인종을 바꾸는 술책을 오늘날 일본이 우리에게 시행하는 것이다.

그렇다면 앞에서 말한 노예나 신첩이 되어 살기를 구하여도 되지 아니할 것이라는 말이 사람을 겁주는 말이 아님을 알 것이다. 하물며 우리는 당당한 대한의 예의 자주의 백성으로 구구히 원수적인 적의 아래에 머리를 숙이고 하루라도 더 살기를 빌고자 한다면 어찌 죽은 것보다 나을 것이 있겠는가? 그늘 아래 있는 나무는 가지와 잎이 무성하지 못하고, 밭에 밟히다 남은 풀은 싹이 자라지 못하며, 노예의 종족에서는 성현이 나지 못하는 것이 이것은 성질이 달라서가 아니요, 압박하고 굴복

시켜서 그렇게 되는 것이다. 우리나라가 고려 이후로 명칭은 비록 중국의 번속이었지만 토지와 인민과 정사는 모두 우리가 자립하고 자주하여 털끝만큼도 저들의 간섭을 받지 않았다. 그러므로 전성기를 당하여서는 승병이 백여만이요 재화가 창고에 가득하였으며, 백성은 부유하고, 호구는 번식하여 비록 수양제와 당태종의 위세로도 패하여 돌아감을 면치 못하였으며, 원 세조가 8번이나 쳐들어온 다음에야 복속시켰다.

우리 태조 때에 왜적이 여러 번 침범하였지만 번번이 패하였고, 임진왜란 때 비록 명나라의 구원이 있었지만 회복하여 전승한 공은 모두 우리 군사가 왜선 70여 척을 노량에서 침몰시킨 데 있었으며, 병자호란 때에도 만약 임충민의 "곧바로 근거지를 쳐부수자"는 청을 들었다면 청나라 사람들은 그 즉시 멸망하였을 것이니, 그 꾀를 쓰지 않은 것이 한스러울 뿐 진실로 힘이 부족했던 것은 아니다.

이를 보건대, 우리나라가 비록 협소하지만 백성들의 성질이 강력함은 반드시 타국에 뒤지지 않는다. 다만 오늘날은 문치만을 숭상한 뒤라서 백성의 기운이 약하여 진작할 수 없고 또 천하의 대세를 잘 알아 변통할 것을 생각하지 못한다. 천하의 대세를 알지 못하기 때문에 죽음이 목적에 당하였는데도 알지 못하니, 진실로 사람마다 꼭 죽게 된다는 것을 안다면 살 수 있는 방법이 그 가운데에서 나올 것인데, 다만 꼭 죽게 된다는 것을 알지 못하고 오히려 혹시라도 살 수 있기를 생각하므로 마침내 죽고 살지 못하게 된다.

반드시 죽게 될 증거는 이미 위에서 말한 바와 같으니 혹시라도 살 수 있는 방법을 어디에서 찾을 것인가? 지금에 있어 단 한 가지 각자 기력을 분발하고 심지를 분려하여 나라를 몸보다 더욱 사랑하고 남의 노예가 되는 것을 죽음보다 더 싫어하여 능히 만인의 마음을 한 사람의 마음으로 만든다면 저의 죽음에서 삶을 구하는 방법이 될 것이다.

저 일본 사람들은 비록 경박하고 교사하며 예도 없고 의도 없어서 인류와 같지 않지만, 강력하고 승리하는 효과는 다름이 아니라 오직 그 마음을 합하여 나라를 사랑하는 마음이 자신을 사랑하는 마음보다 더하기 때문이다. 하물며 우리나라의 사민은 본래부터 선왕의 예의와 교훈을 복습하였으며, 뇌수에 끓는 붉은 피가 진실로 저들과 다름이 없음에랴.

그렇다면 오늘날 우리 백성들이 가장 먼저 해야 할 급한 일은 천하의 대세를 살펴서 꼭 죽게 된 까닭을 아는 데에 있을 뿐이다. 꼭 죽게 된다는 것을 안 다음에야 기력이 스스로 분발되고, 심지가 스스로 분려되어 나라를 사랑하는 마음이 저절로 발하고 마음을 합하는 공이 저절로 나타나게 될 것이다. 그래서야 남의 의뢰하고 바라는 마음을 버리고 느슨한 습관을 버리며 인순하고 고식하는 해로움을 개혁하여 1척의 진보는 있어도 1촌의 물러섬은 없어서 차라리 함께 죽을지언정 홀로 살고자 하지 않는다면 여러 마음이 단결된 곳에 하늘은 반드시 도와줄 것이다.

저 민충정공·조충정공의 죽음을 보지 못했는가? 국가가 망하고 인민이 멸망한 것이 이 두 분만의 책임이 아니다. 그런데도 이 두 분은 국가와 인민으로 자기의 책임을 삼아 목숨 바치기를 마치 기러기 털처럼 가볍게 여겨 조금도 돌보지 아니한 것은 백성들에게 꼭 죽어야 한다는 마음을 가지고 딴 마음이 없다면 어찌 역적을 물리치지 못하며, 국권을 회복하지 못하였겠는가.

익현은 정성과 힘이 부족하여 이미 임금에 충고를 다하여 환란을 미연에 방지하지 못하였고, 또 나라를 위하여 목숨을 바쳐 백성들의 용기를 진작시키지 못하였으니, 굽어보나 우러러보나 부끄러워 살아서는 우리 수천만 동포를 대할 수 없고 죽어서는 두 공을 지하에서 볼 수가 없다. 이에 감히 비천하고 더러움을 헤아리지 아니하고 삼가 보고 들은 오늘날 시국의 대세를 가지고 간략히 이 글을 지어 우리 온 나라 사민들에게 포고하노니, 오직 바라건데 우리 온 나라 사민들은 익현의 늙고 노망하여 죽으려 하는 말이라고 해서 경솔히 여기지 말고, 각각 스스로 노력하여 저들로 하여금 인종을 바꾸려는 계획을 이루지 못 하게 한다면 매우 다행한 일이다. 시급히 행하여야 할 일을 대강 아래에 나열하여 기록한다.

1. 이번에 신 조약을 제멋대로 허락한 박제순·이지용·이근택·이완용·권중현 등 오적은 우리 국가의 죄인일 뿐만 아니라, 실로 천지 조종의 원수이며 전국 만민의 원수다. 마땅히 빨리 토벌하여 죽여야 하는데도 도리어 그들로 하여금 조정의 위에 번거하게 하고, 비록 진신縉紳과 장보章甫의 토벌을 청하는 상소가 있었지만, 아직까지 한 사람도 칼을 들고 오적을 치려고 한 자가 있었다는 말을 듣지 못했으니, 국가와 인민의 수치가 무엇이 이보다 더한 것이 있겠는가? 《춘추》의 법에서 "난신·적자는 잡아 죽여야 한다" 하였으니 무릇 모든 사민과 군졸과 하인들은 모두 적을 토벌하지 아니하면 살지 않겠다는 의리로써 각각 이마에 붙이고 스스로 노력하고 분발하여 맹세코 저 옥적을 죽여서 우리 조종과 인민의 큰 원수를 제거할 것.

2. 저 오적은 이미 나라를 팔아먹은 것으로써 기량을 삼아 오늘에 한 가지 일을 허락하고 다음날 또 한 가지 일을 허락하여 작년의 의정서와 금년의 5조약을 인준하는 일에 이르러는 다시 여지가 없게 되었다. 필경에 그들의 흉모와 역도는 우리 임금으로 하여금 청성과 오국의 길을 행하지 않으면 일본의 큰 공신이 될 수 없을 것으로 생각할 것이니, 무릇 우리의 높고 낮은 관료 및 병졸과 백성들은 모두 충성을 발하며 화환을 예방하기를 생각할 것,

3. 전번의 유악소 통고문을 보니 결세를 내지 말고 윤차를 타지 말자는 것과 포백·기용 등 저들의 물건은 쓰지 말자는 말이 있었는데, 이것

은 진실로 확론이다. 대저 결세는 국가의 경용에 사용하는 것인데, 오늘날에는 모두 왜놈의 금고에 들어가니 어떻게 우리 백성들의 고혈로써 해당 마을의 부유한 집에 거두어 두었다가 오적이 제거된 다음 궁내부에 바쳐야 한다.

철로는 저들이 우리나라를 멸망시키려는 수단의 한 가지인데도 매일 차를 타는 자가 다 실을 수 없을 정도이니 어찌 우리 백성의 어리석음이 이리도 심하단 말인가? 생각해 보건대 각처에서 하루에 차를 타는 비용이 어찌 천만만 되겠는가. 제물이 다하여 나라가 멸망하는 것을 우리 백성이 스스로 취하는 것이 아니겠는가? 기타 포백과 기물로 저들이 재물을 몰아가는 것을 또 그 수를 셀 수가 없으니, 아, 지난날 저들과 통상하지 아니할 때에는 우리 백성들이 과연 살 수가 없었던가. 이것은 매우 생각하지 않은 것이다. 바라건대, 우리 전국의 사민들은 한마음으로 서로 맹세하여 군기와 총포를 제외하고는 일절 저들의 물건을 쓰지 말고 기계의 편리한 것이라도 본국 사람이 제조한 것이 아니라면 또한 사서 쓰지 말 것.

이에 감히 포고로써 호소하니 나라 안 온 동포들이여! 바라건대 죽어가는 한낱 늙은이의 말이라고 흘려버리지 말고 부디 우리 스스로 힘내고 굳게 다져서 우리의 인종마저 바꾸려는 저들의 악랄한 간계를 끝내 막아 낼지어다.*

양갓집 대문마다 휘황한 홍등이
내걸렸다 잘 닦은 가야금에 거문고, 시와 춤과 음악에
능한 규수는 일본 군인들의 노리개가 되었다
양민은 사라지고 노예만이 존재했다
양반들은 그간 호의호식을 잊고 매국하는 일쯤이야
여반장이다 나라는 망하고 이미 백성들은

거의 사망하였다 망한 터에 굳이 주권과 생존을
굳이 논하여 무엇하나, 그렇더라도
공연히 붓글씨라는 공허한 메아리를 싣고 떠날지라도
면암 심중에서 퉁겨내는 거문고
선율마다 거대한 분노가 도사렸다

* 1906년 봄, 면암이 쓴 '포고팔도사민布告八道士民' 전문.
* 진신縉紳과 장보章甫 : 진신은 벼슬아치들을 통 털어 일컫는 말, 장보는 유학을 공부하는
  선비를 말함.

봄꿈

불끈, 첫 번째 주먹은 턱수염 하얀 면암 것이다
두 번째 주먹은 임병찬 것이다
세 번째부터는 태인 고을 선비들, 일백십삼 명이다
이 주먹들이 한자리에서 뭉치어 외치다
우리는 한 사람이다. 우리는 서로 동맹한다.
동맹록이다.
낡고 찌들어버려 무능한 나라와 늙고 노쇠하며 음흉하기 짝이 없는
영감탱이들, 평생을 뱃속 채우길 즐기다 썩은, 너무 썩어 부패의 단어
조차 써서는 안 되는 선비 무리, 개망나니들 헛기침 닮은 조선을 부수
리라
의병들 일백십삼 명이다
불끈, 주먹과 주먹들이 그때 읽어버렸다
주검을 향하여 나아가는
무명 삼베적삼 입은 새로운 활력의 봄꿈을

* 동맹록 : 1906년 초봄, 면암이 호남의 거유 송사 기우만과 회동한 이후에 의병에 동참
  하기로 약속한 지사들의 연명부.

태인 무성서원

고종으로부터 흑산도 유배를 당하여
해금될 때 들렀던 전라도 태인, 여기가
대한국의 생기를 회복하는 중심이다
의병의 심장이다 고대하고 고대하였노라
마지막으로 준비해가는 죽음의……
이곳이야말로 죽음을 성취해 가느라……
처연하게…… 아름다움을 조각하느라
필생의 업을 다독이느라 미쳐가는
조선 성지이자 참 영혼들의 낙원이다

* 태인 무성서원 : 현재의 전라남도 정읍에 위치한 서원이다. 통일신라시대 태인현으로
  최치원이 이곳에서 군수를 지냈는바, 최치원을 모시는 위패가 모셔져 있는데 면암은
  1906년 4월 13일 이곳에서 거사하다.

창의토적소 倡義討賊疏

집 주변에 콩새 날아드는
저녁답 마당가 쑥부쟁이 이파리다
숨어드는 콩새가
어둔 그늘 아래 날개를 접다
그때마다 쑥부쟁이 외침
솟구쳐 올라
한꺼번에 날아오르다

창백한 시신들이 질러대는 함성,
지금도 사라지지 않는

조선 뼈의 푸른 함성 소리

고사목의 새싹
- 면암, 임병찬을 시켜 격문과 창의토적문을 전주지방에 유포시키다

날랜 말 잡아타고 미친 듯 조선 천지 내달리라
맹 물건 허수아비로 사느니 싸우다 죽느니만 못하다

싸우다 죽을지언정 싸우자
일천삼백 년 전, 왕이 잡혀가 완전히 망한 줄 알았던 백제는
백제 부흥군의 백제가 있어 싸우다 죽은
예산 임존성 부흥군의 투지로 영원히 사위지 않는
새 아침이 되지 아니 하였는가

동학군 토벌 전력의 임병찬 장군을 시켜
거병 소식 널리 전하는 송홧가루 천지의 윤사월
늦은 봄날이 싹을 내고 있다 천둥 벼락의 역사 속으로
마파람이 하얀 촉을 뽑아 올리고 있다.

일흔넷 허연 수염이 눈 깜박일 때마다 부르르 떨다
고사목의 새싹이 사월 장마 폭풍우를 몰아오고 있다

독백의 독백

의병을 거병키 위하여 밤새우던 날
선비 한 사람이 야심한 밤에 면암을 찾아와 물었다
동학군 수만 명을 한 개 중대의 병력만으로
일시에 몰살시킨 일본군, 그 일본군대를
몇백 명에 지나지 않는 오합지졸로 싸워 과연 이기겠습니까?
"져도 싸워야 하오. 이기려니 생각지 않소"
초라한 행장의 선비가 듣다가
선비는 즉시 어둠 속으로 사라져 갔다
그 대신에 싸운다, 져도 싸운다, 죽어도 싸운다……
독백의 독백이 면암을 타고 흘렀다

격문檄文
- 면암, 격문을 써 봉기하다

을사변괴를 당한 지가 이미 여러 달이건만 의병 일으킨 이가 어찌 하나도 없는가. 임금이 망하고 신하가 어찌 남으며 나라가 망하고 백성이 어찌 보전하겠는가? 슬프다! 우리 신세 불타는 집 들보 위에 노는 제비들이요, 끓는 가마솥에서 뛰는 물고기와 같도다. 기어이 죽기는 한가지라 어찌하여 한 번 싸워 보지도 않으리오. 또 살아서 원수 놈의 노예가 되는 것이 어찌 죽어 충의지혼忠義之魂이 되는 것만 하겠는가. 천운天運이란 갔다가 돌아오지 않는 법이 없나니, 최후 승리는 우리에게 있을 것이다. 믿는 바는 정의다! 적을 두려워 마라! 감히 격문을 돌리느니 서로 힘을 합하여 격려하라*

화톳불 속에서 밤톨이 몸 터트리다
상처 싸맬 여유 없이
탁탁탁 뼈 발라내는 진동음이
벌건 숯불덩이 들쑤셔
활활 타오르는 이부자리도
덩달아 불타오를 때다
화톳불, 네 가슴에 안기는 동틀 녘

---

* 1906년 윤4월 13일(양력 1906년 6월 4일), 태인의 무성서원에서 의병 봉기한 직후 면암이 각 고을에 돌린 격문 일부.

면암, 의병봉기하다

이빨은 하나만으로는 음식을 씹지 못하네, 이빨은
하나만으로는 잇몸을 지탱하지 못하네, 이빨은
하나만으로 입속을 지키지 못하네, 이빨은
이빨 혼자서는 몸 지탱하는 낟알이나 김치를 삼킬 수 없네, 이빨은
혼자서는 말조차 제대로 뱉을 수 없네, 이빨은
저 혼자서는 쓸쓸하여 육체를 무너뜨리네, 이빨은
저 혼자서는 뼈마디마저 박살내 버리네, 이빨은
을미년 윤사월 열이틀 날, 낙안군수 임병찬을 전주로 보내어
소 잡아서 그 피를 나눠 마신 이빨은
이빨을 모으게 한 뒤 열사흘 날, 이빨들이 일제히 솟구쳤네

* 1906년 6월 4일(음력 4월 13일), 전라북도 태인에서 궐기하여 면암, 의병을 일으키다.

나이 일흔넷의 의병장
- 의병장 면암, 일거에 정읍·순창·곡성을 점령하다

붓을 던지고 힘껏 내달렸다
절벽에서 절벽으로
쉴 새 없이 건너뛰기를 평범한 일상으로 삼았다
오백여 명의 의병들이 면암 뒤를 따랐다

구암사의 밤

외로운 날갯짓,
순백의 백로가 날아들다
오백여 마리 백로 떼 몰려들어
산중 내 품이 태중이거니
편히 좀 눈 붙여라,
다독거려 주다가
사월 숲의 밤 마파람 소리에
첫날 밤 지새운

---

* 구암사龜巖寺 : 대한불교조계종 제24교구 본사인 선운사禪雲寺의 말사이다. 623년(무왕 24)
에 숭제崇濟가 창건, 1392년(태조 1)에 각운覺雲이 중창하였으며, 조선 태종 때 중창하고
구암사라 개칭하다. 면암은 거병 첫날 밤을 구암사에서 주둔하다.

선비의 예법

선비, 면암은 태생이 선비다
흉계가 뭔지 모른다, 사특함도 모른다
의병군에 사로잡혀 목숨을 구걸하는
순창군수, 이건용을 죽일 만큼 모질지 않았다
묶어 두었다가 방면하자마자
전주관찰사한테 찾아가 의병 진지와 군사력을 고변한 연후
토벌군으로 면암을 사로잡다
거꾸로 붙잡혀 조롱당하는 면암은
선비다, 선비는 죽어도 선비다
지면 죽는 전쟁도 예법을 따라야 한다, 예법이
위계와 지략보다 더 중요하다

* 이건용 : 그 당시 순창군수. 면암의 포로였다가 풀려난 후 군사를 이끌고 면암을 생포하
  는데 일조하다.

113

다시 철쭉 울타리에

평생 넘어지는 일만 하였습니다
줄기차게 넘어지는 일만 하였습니다
그러나 포기하지 않았고
뒤로 물러서지 않았으며
머리 감싸고 골방에서 나와 싸우길 마다치 않았습니다
평생 코피 터진
별 볼 일 없으나 별 볼 일 있을 사내를
배 곯아 힘없는 눈 치켜뜨고
빤히 쳐다보는 눈,
힘겹게 담장 넘어온 눈이
생생하게 다시 철쭉 울타리에 불 지르고 있습니다

열두 가슴의 흙

겨우 열흘 동안이다, 의병 깃발도
의병 대장 최익현이라 펄럭이는 깃발도
순창의 순창관사 바깥마당에서
그 기간 동안만 부지런히 땀 흘리다

그러나 이게 무슨 징조인가
면암을 뒤쫓아 나부끼는
의병대장 최익현이라 펄럭이는 깃대가 돌풍에 뚝 부러지다

대장기가 부러졌든 말든
몸으로 싸우는 거다
깃발로 싸우는 거다 열두 명이 죽어 일궈내는 흙은
열두 가슴이 모인 흙으로 족하다

* 아침부터 전주관찰사 한진창의 군대와 광주관찰사 이도재의 군대와 일본군들이 면암이
  주둔한 순창관사를 포위, 공격해오자 의병들로서는 중과부적이라 태반 이상이 도주하
  고 남은 의병은 임병찬을 위시하여 겨우 11명이다 이 11명이 의병장 면암의 휘하에 끝
  까지 남아서 면암과 함께 죽기로 싸우기를 청한 전부다. 결국 면암은 고요히 '맹자'를 암
  송하며 앉아서 일본군의 오랏줄로 꽁꽁 묶이는 처지로 가마에 태워져 서울로 압송되다.

체포되면서 맹자를 암송하다

선비는 죽음을 앞두고 있을 때라도 정신만 또렷하면 책을 읽는 법이다. 옛 사람 중 풍랑을 만난 배 안에서 〈대학〉을 읽고 옥중에서 처형을 기다리면서 〈상서〉를 읽은 예가 있다. 각자 외우는 글이 있으면 소리를 높여라*

골치 아픈 주문이다, 주검이 바로
코앞인데 무슨 망령된 굿판이랴
외우고 있는 글을 암송하다 모가지 뎅겅,
피 뿌리며 잘려져야
겨우 붓 대롱에 매달려 사는 글,
살아가는데 아무런 힘이 안 되는 글 나부랭이
그러면서 충만한 우주가 되는
저 골치 쑤시는 글이
제 행보를 스스로 멈추지 않겠느냐

* 면암이 체포될 때에 주위에 있는 의병들에게 한 말.

포승줄의 여로

일본군 총칼 번뜩이는 옆구리, 서늘하다
춥다, 다시는 못 보고 못 만날 필생의 하루하루가
면암의 손을 꼭 붙잡다

꽃잎들은 분분히 휘날리는 꿈길을 걸어와서는
묶인 몸을 따라 묵묵히 가마에 오르다

* 1906년 6월 13일, 면암 생포되다.

117

불굴피집 不屈被執

느티나무 아래
밑둥치 크기만큼 구멍 나 있다
여름 바람이 머물다
목숨을 떠나보내 버린 살갗이
뭉툭거리는
포피가 만든 바람 구멍이
배 볼록하게
유월 이파리 내다

* 불굴피집 : 몸은 잡혀 있으나 굴복하지 않는다는 뜻으로 피체된 면암의 정신을 말함.

최익현 압송도

일본인이 끄는 인력거,
그 위에 흰 구름처럼 앉아 있는 면암
밤새 두통에 시달린
상투머리가
인력거 뒤를 따라 걸어오는
장남과 차남,
임병찬을 비롯한 여덟 명의 충의지사를
뚫어지게 쳐다보며
살아서 마지막 길을 간다
면암 입가 엷은 미소도
숭례문 나와 관악산과 남태령 고개 넘다
갓난아기 여럿이 울고
경부선 열차에 오르는
면암 소매 끝이 흠뻑 젖어 있다
초여름 신록을 내며
산간마을의 푸른빛 사이로
철마는 쉬지 않고 달려
초량역에 하차,
조각배에 면암과 돈허가 동선,
일본 상선에 옮겨 태워지다
산목숨으론

더 이상 해협을 볼 수 없음을
두루두루 알고 있는
면암의 길들이
사진기 대신 그림을 찍은
청양 최익현 압송도

* 최익현 압송도 : 1910-1930년대 정산군수였던 채용신이 그린 면암의 압송도로서
  2019년 충남도 유형문화제 제249호로 지정되었다. 그림 속에는 일본인이 끄는 인력거
  를 탄 면암의 뒤에 면암의 장자 최영조, 차자 최영학을 비롯한 임병찬 등등이 뒤따르는
  모습이 그려져 있다.

마지막 뱃길

부산항에서 고깃배를 타고 상선에 오르다
뱃머리를 돌리려는지 부두를 출항한 배가 멈춰 섰다

조선을 한 바퀴 되돌아와 물결치는 피도야
자유로이 창공을 쪼는 갈매기들아
살아 있는 나의 혼백을 싣고 가는 선미에서
울면서 뒤따라오는 뜨거운 빗줄기의 어두운 주검들아
그간 애썼다 그간 너무나 고생이 많았다
특별하였던 나의 조선아
나의 가족아 유별나게 야위고 야윈 나의 몸뚱이야
생이별이 만나는 나의 저승아, 살아서 헤어지자

얼굴 들어 올려다보는 눈물이 울고
영양가 없이 고난을 자초하며 나뒹군 청천의 마른 입술이
대한해협 멀리멀리 사라지며 뱃고동 불다

대마도 새벽

앙마디진 손끝으로
꿈자리 오셔서
한없이 내 몸을 쓰다듬는
새벽 음색,
빈 대나무 속에
앙마디진 저 어둠은
피물동이인가
물길 솟구쳐 밝는
나 없는
피안의 대마도 새벽

혼수상태

혼이 들왔다 나갔다 하였습니다
감지하지 못하였지만 알고 보니 나는
혼, 오래전부터 혼백이
들어왔다 나갔다 하는 상태, 일본의 땅에 닿자마자
나는 산 것도 죽은 것도 아닌
혼이 들어왔다 나갔다 하였습니다
사실인즉 나는 혼수상태입니다

대마도 수형생활

대마도에 끌려온 후
십여 일 굶어 영양실조 걸린 거야 괜찮다
대한제국의 멸망이라는 근심과
고종황제의 근심을 풀지 못하는 고뇌에
눈 한 번 떴다 감기도 어려우나
내 눈꺼풀은 이미 흙집에 들어가 잠을 청하였느니라
필시 시신이 되어야만 살 것이나
여기, 바로 여기, 이 적국의 땅에서야 나는
자유하지 못한 부자유의 몸인 이 일이
이 일이 바로 훗날 나의 새 생명이 되리라
오줌 똥 냄새 진동하는 이곳이
내가 지상에서 누린 광영이었느니라
곧 눈감을 것이니 나는 평안하노라

단식

어미 손이
키워준
저녁을 휘저어야만
나는 밤이다
어미 이마의 땀이
키워준
어둠을 흡입해야만
나는 밤이다
밤 이외의
밥은 독이다

* 단식斷食 : 면암은 1906년 6월 27일, 임병찬과 함께 포승줄에 매여 배를 타고 대마도항에
도착한다. 대마도항에 내린 이후 면암은 왜놈의 것을 먹을 수 없다 하여 단식을 한다.
단식 기간은 대략 열흘간이며, 이후 부산항에서 수급해온 쌀로 지은 밥을 먹으며 약 4개
월여 수감생활을 하다가 11월에 적지인 일본 대마도 감옥에서 운명한다.

빗물

네 몸의 샘물은 썩었다
너의 향기는 말라 죽었다
신비는, 너라는 신비는
사라지고 음모를 핥으며
새벽부터 종일 밤길 따라
주검이 몰려들었다
시신과 시신이 뒹굴다
부정한 입술의 갈증이라
잠시만 숨 쉬며 겨우
빗물 마시며 구명하련다

* 면암은 대마도에 도착한 이후, 물을 마시지 않았다. 일본국에서 난 샘물은 마시지 않음
　으로써 면암은 국권침탈의 제국주의와 자신의 포박, 수감에 항거하였다.

126

부산에서 온 쌀

무논 개구리알들이 울컥, 토해놓은
다랑이논 살얼음 녹이는 버들개지 손이
나락 뿌려 만드는 못자리,
볍씨에 묻어오는 내음이 나의 형질이다
전 재산인 괴나리봇짐,
유랑농민들이 뿌린 한숨은 나의 핏줄,
심장 관통하는 치명을 치유하라
고국 땅 부산항에서 급송된 나여

* 면암은 대마도에 도착하여 줄곧 일본쌀로 지은 밥을 먹지 아니하고 단식하였다. 이에 놀
  란 일제 헌병대가 부랴부랴 부산항에서 공수해 온 쌀로 지은 밥을 감방에 넣자 그제야
  비로소 수저 들어 잡수셨다.

최익현, 나는

광기를 마시며 산다
밥을 안 먹어도 산다

다 타버린 흰 소지燒紙에
조선을 쓰면서
가여운 황제를 쓰면서
가여운 삼천리 강토를 잃어
나를 빼앗겨
나는 이미 탈진해 버린

나는, 나는 조선이다

유소遺疏

– 마지막 상소上疏

들개 떼 짖어대는 밤,
물 한 모금, 밥 한 술 뜨지 않은 몸으로
시뻘겋게 피 흘리며 쓰러져 있는
몸 주변으로
날카로운 이빨 감춘 들개 몰려들고 있다
몸 찢겨나가
일생을 걸쳐 이루고자 한 계획이
한낱 들개 먹이라니
여기저기 음흉한 무리가 곧 몸을 찢어버려
죽은 내 뼈를 능욕하라
무리지어 울부짖으며 몸 찢으라
도적들이어 어서 오라
허나 어쩔 것인가, 황제와 백성들,
저들을 어쩔 것인가

* 유소遺疏 : 살아서 임금에게 올리는 마지막 상소문. 1906년 11월에 이르러 면암이 고종
황제에게 보내는 마지막 글이다. 붓을 잡을 기력이 없는 면암이 구술하자 임종을 지킨
임병찬이 옆에서 받아 적었다.

진심盡心의 진심

- 돈헌에게

숨넘어가기 직전 내 옆에 앉아서

내 옆에 앉아서 붓 들어

황제께 올리는 상소문과 유언을 기록한

그대를 제일 먼저 기억해낸다오

내 마지막 길 지켜주고

감지 못하는 내 눈 감겨준 그 손길 기억하오

좋은 시절이라면 재상감이나

내 뜻 따라 구금된

조선 충신이자 대학자로 손색없는 그대,

부디 대마도에서 살아 나가오

내 유언장 대신 새 조선의 역사를 쓰오

노고 보답할 길 없소만

후학들이 그대 위업 기리며

어찌 그대와 나를 둘이라 하리오

* 임병찬. 1851(철종 2)-1916. 조선 말기의 의병. 본관은 평택平澤. 자는 중옥中玉, 호는 돈
  헌遯軒. 전라북도 옥구 출신으로 『돈헌문집』을 남겼다. 면암 최익현의 제자로 면암과 함
  께 태인의 무성서원에서 의병봉기 하였다가 체포되어 면암과 함께 일본 대마도로 유배
  되어 면암이 구술하는 고종황제께 올리는 상소문과 유서를 받아쓰고, 면암의 임종을 지
  킨 의병장이다. 생환하여 조선에 들어온 뒤에 고종으로부터 밀지를 받아 활동하다 일제
  에 붙잡혀 순국한다. 현재, 전라북도 군산시 근대역사박물관에 「임병찬 의병장」이라는
  돈헌의 동상이 건립되어 있다.

내 운명運命은

알 수 없는 곳에서 와서
알 수 없는 곳으로 가는
알 수 없는 목숨이
알 수 없는 곳에 닿아
알 수 없는 재채기를 하다
알 수 없는 콧물 흘리며
알 수 없는 골짜기에
알 수 없는 명줄 놓지만
그러나 삶은 희열,
끊임없는 전율을 아느냐
부단히 쓸쓸하였으나
내 운명은 흡족하노라.

새벽 네 시

밤하늘에 집 짓는 무수한 풍등인가
나보다 내 몸이 먼저 하늘로 날아오르다가 으레 새벽녘이면
허공 저 끝에서 들려오는 소리

잠 깨워 나를 어둠에 촘촘히 옭아 넣으며
다가오는 새 날의 풍향계가
그을린 피부 깊숙이에서 새롭게 날아가는 밤하늘을 응시한다

어디론가 날아오르고 있다

죽음의 골짜기를 통과한 지 오래된 나는
새벽 작은 광원 속으로
내 존재의 전 감각을 밀어 넣으며 날아가곤 하다

* 면암은 1906년 음력 11월 17일(양력 1907. 1. 1.) 새벽 4시에 운명하다.

수선사修善寺 스님의 독경

단 사흘 염불이지만 이제 고단한 몸 씻으시라
가파르게 절명한 외나무다리에서 내려와
돌탑에 깨끗한 영혼 내리시라 일흔넷의 몸으로
비로소 관棺에 누워 새 길을 가시려면
나의 마지막 길 안내 따라 명부冥府에 드시라

* 수선사修善寺 : 현재의 일본 나가사키현 쓰시마(대마도)에서 면암이 운명하자 면암의 유체
  가 머무른 수선사 주지가 사흘 동안 면암의 극락왕생을 기원하다.

면암勉菴

갑오년 동짓달 초닷새 날,
경주최씨 화숙공파 19대손으로
아버지 최대崔岱와 어머니 경주이씨의 차남이다
강보에 쌓여서부터 유년 내내다
배고픔에 허덕이며 살다
충주의 단양 금수산으로 이사 가서 농사짓다
다시 양평 후곡에 이주하여
선친의 지극정성 어린 보살핌으로
내 나이 14살에 이르러 화서 문하에 들어간 뒤
생애를 다하도록 나는
화서 선생께서 주신 호號, 면암을 소중히 받다
면암이라 들을 때마다 매번
늘 화서 선생께 엎드려 절 올리는
동짓달을 정성껏 섬겨왔다

* 화서 : 이항로의 호. 이항로는 최익현에게 '면암' 호를 내려준 면암의 스승이다.

대마도의 붉은 기상, 붉은 꿈들에게
- 홍주의병 아홉 의사에게 각각 시를 써 주다

1. 이칙에게
조그만 한 서생 의리에 독실하니
옛집 기율 지금도 있구나
사를 잊고 공을 위함이 비록 장하나
어머니가 문 열고 기다림을 어찌하랴

2. 유준근에게
선비가 나랏일에 관계없다는
답답한 그 의논들은 간담을 차게 하네
모든 사람들은 바람에 쓸리는데
오직 그대만이 옛 의관을 지켜 왔구나

3. 안항식에게
그대 집 이름 듣기에 익었으니
도 없는 이 세상에 이 눈 다시 열리네
거센 물 험한 산 괴롭다 말라
나무는 풍설을 지나므로 재목 이루지

4. 신보균에게
밤중 슬픈 노래 어찌 그렇게도 격한가
세상에는 춘추 읽을 곳마저 없구나

오래 내려온 자네 집 전통 알고 있네
늙은 지경 향하여 더욱 노력하게

5. 이상두에게
범을 잡고 하수를 건너는 것, 허용하지 않음
이것이 성문에서 남긴 훈계네
오직 그대는 의리를 잡아서
사리로 경중을 비교하지 않으리

6. 최상집에게
금수가 날뛰는 이 산하에 하늘도 늙어서
이번 걸음 어찌 흰머리를 부끄러워 하랴
두 소매에는 안개와 놀을 가득 거두었으니
고향에 돌아가 우리 집 손님에게 자랑하려네

7. 문석환에게
내 몸 있는 곳이 곧 내 집인데
만 리의 험한 파도 하늘에 닿았구나
언제나 평안한 자네 같은 이 몇 사람인가
아노라, 그대는 옛날 삼동에 공부가 많았지

8. 남규진에게
늙은 어머니 어린아이 가난이 심한데
누가 자네에게 이 걸음을 명했으랴
만사는 본래 정해져 있음을 나는 알아
어찌 구구히 아녀자들의 정을 지으랴

9. 신현두에게
어릴 땐 사랑을 알고 커서는 공경할 줄 알면
이런 사람이야 이 세상 헛살지 않았네
그밖에 궁하고 통함을 무엇 헤아리랴
어진 옛 사람들 모두 탄탄한 길로 돌아왔네

조선이 살아있음은
분을 이기지 못하는 콧김,

조선이 다시 국권을 회복하는 일은
그대들의 붉은 기백,

붉은 이 땅의 꿈들이
융성할 것이기 때문이라

대한국*의 투사들이여
이 늙은이는 새 새벽 비추는
든든한 조선의 불빛을 보았노라

그대들은 살아남으라
나는 죽어도 살아남으라
홍주의병 용사들이여

* 대한국 : 평소에 면암이 조선을 새로이 호칭하던 말.
* 홍주에서 민종식과 홍주의병을 일으켰다가 1906년 5월 31일, 홍주성전투에서 패한 뒤

에 그해 유월에 일본 대마도에 붙잡혀 와서 대마도의 일본경비대 임시관사에 수감되어 있던 홍주 구의사, 곧 이칙, 유준근, 안항식, 이상두, 최상집, 신보균, 신현두, 남규진, 문석환 등과 면암은 4개월여를 함께 수감생활하다. 이때에 홍주의병 구의사九義士에게 각기 준 시편들이다. 한편, 면암집에 수록된 한시는 326편으로 면암은 당대의 대 시인이었다.

오래 기다렸던 친구, 종명終命에게

1.

경기도 포천 가채리 고향을 떠나 대처로 나가는 길이 외할머니 손 붙잡고 뒷동산에서 뛰어놀던 유년시절처럼 설레었네. 백로가 가득히 나래를 쉬는 가채리 뒷산이 배경으로 따라붙는 꿈결이라네. 육신을 집어삼키는 여울목 소용돌이에 허우적거리며 익사 직전에서야 가채리 고향집 다락방에서 회생한 꿈이 왜 없었겠나. 급하게 꺾어진 산길 지나 급경사지에 떨어져 하릴없이 쟁기 붙잡고 논밭 갈며 부모님 봉양을 하는 꿈도 사네. 세도정치에 탐관오리가 득세하여 농민들이 땅을 빼앗기고 아사餓死하는 게 일상인 이웃들과 더불어 위정척사衛正斥邪의 정립을 위하여 붓을 들길 마다치 않은 날의 꿈을 만나네. 옥고獄苦를 견뎌내며 자유를 잃은 망국亡國을 보았네. 벼슬길은 몸을 죽이는 형극의 길이었고 무성산 의병봉기는 나의 시신을 만나는 현장이었네. 내 땅 내 나라에서 포승줄에 꽁꽁 묶여 일본제국주의 재판관들이 주재하는 재판을 받을 꿈은 꾸어본 일이 없는데 독사들에게 물려 결국 일본 땅 대마도에서 마지막 눈 감았다네. 나의 일생이란 거친 광야를 피 흘리며 달려온 거친 꿈이었네. 고향에서 얻은 목숨은 원래 발 부르트고 손 갈라지며 몸 이끌고 오다가 결국 굶어죽어야 할 꿈을 예비해 놓았었네. 망국의 세도정치에 죄 없는 백성들만 혹한 추위에 내몰아 동사凍死시킨 나라는 숫제 없는 게 낫지만…… 내가 내 시간을 살지 못하자 내 고향 고샅이 모두 내가 누운 땅 광시에 와 닿는다네. 나는 없지만 나는 살아서 조선 팔도를 유람하곤 하다가 예산고을 광시 고목나무 그늘에 쉬지만……

2.

알몸 붙잡고 빙그레 미소 짓네
동지 무렵 된서리를 맞고 구부정하게 서 있는
집 모퉁이 굴뚝 옆 오래 묵은 대추나무
툭툭 갈라터진 표피에서 한 걸음씩
다 성장해버린 신발이 걸어 나와
다 살아버린 목숨을 받아내네
오래되었으나 오래되지 않은 눈물이
촘촘히 찍혀 나와 아침이슬 뭉쳐
둥지를 떠나 발자국 속으로 묻힐 거라네
애쓰고 쓰라렸으나 한때의 반짝거림이야 없었겠나, 쉬시게
먼 길 돌아 온 발자국 사려 접고
고요의 나라에서 적요하게
달고 단 저승 대추알 실하게 품세나

면암의 목젖

- 포천 채산사^{芦山祠} 방문기

해 뜰 시각이 지났으나 여전히 어둠에 갇혀 해는 뜨지 않았다 그 대신에 후줄근히 늦가을비가 내렸다 이른 아침인데도 머리가 맑질 못하고 띵했다 뭔가 울혈 같은 것이 어둔 목구멍을 치며 빗속을 뚫고 바깥으로 뛰쳐나갔다 내 땅에서 태어나 자유를 누리지 못하고 인권을 상실한 채 노예로 살아가는 무수한 민중이 대체 무슨 죄가 있단 말인가

전제정권 하에서 권력층의 가렴주구^{苛斂誅求}와 부패로 나라가 망한 탓에 자유를 잃고 기아에 시달렸던 굶주린 그 어떤 외침들의 소용돌이가 들판을 달궜다 목숨이 있는 한 목숨을 살기 위하여 비굴함과 고통, 수 없는 아픔과 상처를 허락해야 했다 창밖으론 허기진 빗방울이 벌거벗은 나무 사이로 파고들어 잎 떨군 나무들의 이파리로 매달려 있다

늦가을이니 곧 눈이 내릴 들판이 흠뻑 젖고 겨울을 재촉하는 늦가을 빗방울이 들어찬 도로는 차가웠다 나무는 아주 낮은 호흡으로 숨죽인 채 겨울로 접어드는 계절의 음영을 마시고 있다 어디 숨어 있었나, 채산사에 모셔진 면암의 위패가 포천 가채리를 향하여 달리는 차창에 생전 처음 보는 얼굴을 환영이듯 떠올리게 하곤 하였다.

그 환영을 따라 굳게 다문 입술에 형형한 눈빛을 한 형상의 선비 얼

굴이 일순 솟구쳐 올랐다가 다시 사라졌다 가채리의 솔숲이 그 솟구침을 들었다는 증좌일까, 소리? 미세하지만 분명히 소리가 들렸다 어디에선가 누가 그걸 목소리라 했다 면암 고향인 가채리 채산사에 도착하기 이전에 벌써 이청열李清烈 선비의 음성을 들은 것이다

목청은 많이 쉬어 있다 잘 들리지 않았다 채산사 사당을 지으려고 포천 지역의 유림들 모아서 외치다 보니 목쉰 소리들이 힘 모아 건립하는 채산사의 망치소리도 들렸다 면암이 포로로 끌려갔던 일본 대마도에서 이제야 건너오시는 탄식인가 어둠 속에서 죽어가는 무슨 동물의 사체死體 같은 무슨 사물이 가슴을 짓눌렀다 풀뿌리 민주주의의 시동으로 지방자치가 실시된 이래, 민의가 존중된다 하지만 아직도 이 땅에는 기소권을 빌미로 사찰세력들의 야만적인 자의적 법 집행이 비일비재로 이루어져 법이 매우 은밀하게 민중을 족쇄 채우길 거리끼지 않았다

면암의 음성인가 대마도에서 아사餓死의 후유증으로 순국한 면암을 기려 면암 사후 1년에 건립한 채산사로 향하는 차안에는 어떤 탄성도 동행하였다 내가 타고 가는 승용차 뒷좌석으로 이들이 끼어들었다 그간 단 한 번도 채산사를 본 일이 없는데 채산사는 이미 내 마음을 파고 들어와 있다 그런 연유인가 어디가 어디인지 도통 길 안내판 한 곳 없는 채산사를 달려가는 빗길이 어지럽다

커피 한 잔 마시지 않고 달려온 네 시간여의 종착지는 면암의 목젖으로 느껴지는 채산사이다 하필이면 고운 최치원 선생의 위패를 모신 사당 앞에 툭 하니 튀어나와 서 있는 채산사의 모양이 흡사 광인처럼 울부짖으며 대의를 외쳐대는 면암 목젖을 꼭 닮았다고 느꼈다 허기진

배 움켜쥐고 이국땅에서 빗물 마시며 연명하는 늙은 의병장이 최후까지 스스로를 지켜내며 간수한 것은 저 목젖이다

뻔히 잡혀서 죽을 것이란 사실을 알면서도 의병을 일으켜 일신의 죽음을 마다치 않은 불굴의 목청을 드높이 내뱉던 목젖은 그러나 벌거벗은 채로 비틀거리고 있다 위정척사衛正斥邪의 선봉에 섰던 면암의 유훈이 찬비를 맞으며 거리를 배회하고 있다 일제의 폭정이 물러간 대신에 강력한 외세의 경제적 군사적 속박 행위는 사라지지 않고 있다 그때나 지금이나 사대주의事大主義라는 맹종에서 한 치도 비껴서 있지 못하고 지역과 지역이 서로 반목하고 분쟁하며 이전투구의 삿대질을 멈추지 않고 있다

사회상 전반에 걸쳐 이념을 표방하는 정파 간의 혼란이 흡사 해방정국을 능가하고 당쟁과 이념 간의 충돌은 갈수록 격화되고 있다 선비들의 글 쓰는 현장은 부패하고 노쇠한 능구렁이들이 정치인으로 나라 권력을 오로지 하며 흰소리 쳐대길 예사로 여기는 한심지경이 심화되고 자녀가 부모를 살상하는 패륜의 풍조는 날로 확산되고 있는 현실 아닌가

한 민족 한 국가 한 동포는 무단히 둘로 쪼개어져 지구상에서 유일하게 남아 있는 분단국가로 현존하는 아픔을 망각한 채 육이오 동란기에 버금가는 혼돈의 계절에 만나는 목젖, 면암의 목젖으로만 아침 해가 그 길을 정했다 굴종을 허락하지 않는 목젖의 투쟁, 목젖의 분기, 목젖의 일생이 불굴의 기상으로 빗줄기 속에서 뭉쳐 빛났다 해가 뜨지 않는 날에는 반드시 면암의 목젖이 해를 상징하면서 해돋이 풍경을 연출하곤 하였다

야위고 연약한 육체를 가졌던 면암은 그의 목젖으로 인하여 죽어서 영원불멸의 동공을 확보하였다 기이한 일이었다.

* 채산사 : 경기도 포천 가채리에 있는 면암께 제향 올리는 사당으로 향사는 매년 9월 15일이다. 매월 삭망(1일, 15일)에는 당직이 제주와 포를 놓고 분향한다.

면암 생가터 표지석

　면암의 통곡이 뱉어낸 울혈鬱血인가, 초겨울 비 오시는 길은 으스스하면서도 붉다. 붉은 길을 따라 예산고을에서 아침 여덟시 경에 포천을 향하여 출발하다. 초행길이라며 초겨울 길마중 하시는지 쉬지 않고 내리는 빗길을 무려 4시간 달려 경기도 포천의 가채리에 닿다. 포천 가채리는 살아생전에 면암이 그렇게도 애갈지갈하던 조선이 36년간의 일제 식민지 치하를 견뎌내고 분단되어 한민족이 두 개의 국가를 이룬 남북한이 서로 대치하고 있는 38선 근처 지역이다. 적어도 면암 최익현 선생을 키운 마을, 가채리는 그 이름만으로 가슴 설레게 한다. 여기서 한 아이가 첫울음을 터트렸다*. 면암이다. 강보에 쌓여 있는 갓난아기가 보인다.

　그 아이가 장성하여 임금에게 상소문을 썼다. 왕은 으레 비답을 내렸다. 왕과 신하가 40여 년간이나 문자를 수수授受한다. 이는 한반도 왕조실록 사에서 초유의 일이다. 면암은 일평생을 통하여 먹고 사는 일이 만만치 않았다. 걸핏하면 농사짓는 부친을 따라 농사일하기를 마다치 않았다. 무력하고 무능한 양반처럼 면암은 자기에게 딸린 식솔들을 평안히 건사하지 못하였다. 본인의 잦은 병치레와 가솔들이 허기와 병마에 시달리는 것은 물론 생계유지에도 늘 빨간 불이 켜져 있었다. 가정살림은 극도로 곤궁하였다. 오로지 위정척사의 기백氣魄, 유일하게 그것만이 전부였던 사내였다. 먹고 사는 일에 치중하지 않았다. 고종 치하의 조선국에서 왕이 내린 벼슬들이 셀 수 없이 많았으나 면암은 어느 벼슬 하나를 온전히 오래 하지 않고 사직하기를 일삼았다. 경기도관찰사를 제수하여도 받지 않고 사직상소를 올리곤 하였다. 면암은 무려 일흔넷에 의병장(1906.4.13.)이 되었으나 즉시 추포(1906.4.23.)되었다. 허망하기 그지없는 의병 봉기였다.

일본 대마도에 끌려가 단식斷食의 여파로 운명殞命하기까지 면암의 일대기는 스산하였다. 춥고 배고팠으며 걱정 그칠 날이 없었다. 그 와중에도 임금과 나라를 걱정하는 마음은 한량없었다. 그럼에도 면암은 온갖 간난을 견뎌내며 부패와 무관한 일생을 살았다는 것, 양반의 삶을 살면서도 민중이 겪는 먹고 사는 문제에 늘 고심하였다는 것, 무려 일흔네 살의 노구老軀에 굴하지 않고 의병 봉기하였다는 것, 구한말 위정척사衛正斥邪의 대의大義를 위하여 창검보다 더 번뜩이는 정신과 안광으로 살았다는 것에서 조선을 대표하는 선비의 표상이 되었다.

그러한 면암의 고향에서 제일 먼저 만나 뵙는 이는 사람이 아니라 면암 생가 터의 표지석이다. 돌에 새겨 세워진 표지석이 반가이 맞아주신다. 면암이 태어난 생가 터에서 조금 동남쪽으로 터 잡아 세워진 것이라는 표지석은 예산 광시면 면암 유체를 지켜보는 광시비석과 연緣이 닿아 있는가, 어쩐지 엄숙하면서도 풍채가 붉디붉다. 가채리 생가 터 뒷산이 비를 맞으면서도 어쩐지 쓸쓸하고 허기져 보인다. 비 맞는 표지석 가장자리에서 뒹굴어 구르는 물방울에서는 어쩐지 허기에 말려들어간 면암의 혓바닥이 보인다. 말을 못하고 임종하는 면암의 고요한 눈빛도 표지석에 들어 있다.

새벽에 일어나 내가 이곳에 달려오기 이전에 생가 터 표지석은 아마도 허기진 채로 빗길을 달려와 가채리 면암 사당인 채산사 가는 길옆에 당도하였으리라. 초겨울 비를 맞기까지 이 표지석은 봄, 여름, 갈을 지나쳐 왔으리라. 그런데 혓바닥의 말들인가, 둥그런 멍석을 펼쳐놓은 야트막한 야산 아랫녘에 충남 예산 땅에 잠들어 계시는 면암 허기의 살기殺氣가 떠다닌다.

죽지 않은, 도저히 죽을 수 없는 허기들이 허기진 고을을 휘감아 되돌아와 채산사에 닿는다. 면암 최익현 선생을 모시는 사당인 채산사에 내리는 빗방울은 희다. 흰 색깔이다. 바로 위에 있는 최치원사당과 짝하여 서 있는 이 사당은 일제에 의하여 철거되었다가 유림에 의하여 재건립된 이력을 갖고 있다. 서까래 하나까지 모조리 불태워버린 채산사의 아픔 때문인가, 오가는 길가 그 어디에도 면암의 생가지를 알리는 표지판이 없다. 예산으로 도로 가져갈 표지석의 비문들을 껴안고 한 자 한 자 가슴에 새기는 시간은 짧아 표지석 뒤 야산이 오후에 닿는다.

* 2018.11. 10일의 일이다.
* 계사년癸巳年(1833.12.5.) 유시酉時(오후 5시-7시) 무렵이다.

詩로 쓴 조선의 얼

면암 최익현 勉菴 崔益鉉

4부

빗창
- 안중근 의사가 남긴 옥중 술회

　면암은 고명한 사인, 격렬한 상소를 올리길 수십 회, 도끼를 지니고 대궐에 엎드려 신의 목을 베라고 말한 것과 같은 일은 참으로 국가를 걱정하는 선비였다. 또 5조약에 반대하여 상소하고 뜻대로 되지 못하자 의병을 일으킴에 이르렀다. 왜병이 이를 체포하였어도 나라의 의사義士라 하여 대마도로 보내어 구수拘囚하였다. 그러나 그는 백이伯夷, 숙제叔齊 이상의 인물이다. 백이 숙제는 주속周粟을 불식하였으나, 최 선생은 물도 불음한 다하였으니 만고에 얻기 어려운 고금제일의 인물이다*.

바닷속 고무줄에 쇠붙이가 춤추고 있다
골수를 파내는 녹슨 쇠, 해녀 손을 거쳐 전복도
이 꼬챙이에 뽑혀 뭍으로 올라오지만 천길 어둠이야말로
어둠에 묻혀 어둠이 되는 황홀,
부디, 녹슨 채 바다 생명 기르시라 고단해도
물질하는 해녀 팔뚝에서 춤추고 사시라

* 빗창 : 해녀들이 전복을 딸 때 쓰는 양 갈레로 구부러진 쇠붙이.
* 중국 여순 감방에 갇힌 안중근 의사가 면암을 일러 평가한 말.

150

귀신귀향鬼神歸鄕
- 이등박문伊藤博文의 제문에 답하다

대한 왕께 절 올리며 님을 향해 울 때에
흐르는 눈물 바람에 날려 하늘에서 비 내리네
이름 난 산 그 어디에 묘소를 쓸 것인가
좌향을 묻지 마라 백이의 서산에서 노중연의 동해라*

너무 늦지 않도록 귀국하는 게 좋다오
이미 젊은 시절 유신을 주도하여 일본국을 일신하였은즉
그로 족한 줄 알아 대한국 병탈을 멈추오
대한국에서 물러가오
더 이상 시일을 지체하면 객지 비명횡사는 필연,
나야 귀신이 되어 귀향할 터이나
황제에 버금가는 그대 권세는 땅에 떨어질 것이오
즉시 대한국에서 일본국으로 가오

* 면암이 순국한 날인 1907년 1월 1일, 이 소식을 가장 먼저 접한 이등박문의 만사. 따라
  서 가장 먼저 만사를 올려 조문한 이로 평소에 '조선수군 3만 명보다 면암 한 사람이 더
  무섭다'고 말한 자이다.

헛꿈

- 원세개袁世凱의 만사에 답하다

불타 죽은 개자추에 물에 빠져 죽은 굴원 충성을 겸하였는데
어찌하여 유해를 동녘 고국으로 옮기려하나
고국의 땅 삼천리가 온통 적국의 땅이 되었으므로
장례를 모실 산이 남아 있질 않네

아무리 쓸쓸하기로
이웃집 아낙을 탐하겠느냐
군말 말고 만사도 말라
공연히 욕심부려봐야
날 저물면 하던 일
놔두고 집에 가는 것 아니냐
나의 죽음이야
나야 쓸쓸할 일 없도다

---

* 원세개의 만사 : 원세개는 중국 오장경 휘하의 군인으로 임오군란을 적극적으로 주도하
  고 조선에서의 활약을 바탕으로 청나라 선통제를 폐위시키고 훗날 스스로 황제에 올랐
  던 군벌이다.

벗에게
- 곽한소의 제문에 답하다

아! 가슴 아프나이다. 선생이여. 삼가 생각건대, 하늘과 땅과 사람이 처음 만들어지면서부터 도통이 있게 되었는바 백성이 있은 지 오래되었나이다. 순수한 풍속이 이미 사라져 세상은 낮아지지 않을 수 없었고 도는 굽히지 않을 수 없었는데, 하늘이 이러한 때에는 반드시 한 명의 대인을 내어서, 만회하고 붙드는 임무를 맡겨 이 도로 하여금 없어지지 않게 하는바, 이것이 공자, 주자, 송자의 여로 부자들이 옛 성현을 계승하고 후세의 학자를 인도하여 준 것이나이다. 세도가 점점 낮아지고 서양 금수가 모두 삼키고 있어 한 가닥 도맥이 다 끊어지려고 할 때에, 화옹이 앞에서 주창하여 밝히고, 선생이 뒤에서 계승하여 마무리 하셨나이다.

그리하여 군음이 극에 달한 가운데 만방에 비린내가 진동하는 세상에 큰 도를 수립하였는바, 전현의 공렬보다 더 빛나는 점이 있었나이다. 그리하여 신성으로 하여금 지하에서 웃을 수 있게 하고, 세계의 형기를 가진 무리들로 하여금 모두 어진 이를 높이고 친한 이를 가까이할 줄 알게 하셨나이다. 그러한 덕을 아는 이가 드물고 각각 신견의 차이는 있으나, 바다 끝 깊은 산골짜기의 아낙네와 어리아이조차 모두 그 덕을 사모하고 그 공을 공경하여, 글을 지어 칭찬하고 울부짖는 소리가 하늘에 닿았으니, 어리석은 이 소자가 무슨 말을 더하겠나이까. 이에 감히 소자가 애통해하는 정성을 말씀드리겠나이다.

지난 신축년 봄은 소자가 폐백을 잡고 찾아뵈었던 날이었나이다. 제자가 되어 6년 동안 항상 강석하게 모셨고, 임인년 영기로 떠나실 때에는 또한 그 행차를 모시고 가서 큰 덕에 감화되고 친절한 가르침을 받았는데, 크고 작은 일과 정밀하고 거친 일에 있어서 자세히 알려 주지 않은바가 없었나이다. 또한 우리 선대의 덕을 밝혀주셔서 여러 통의 금석문을 내려 주셨으니, 그 은혜가 매우 깊나이다. 선생께서는 자식 이상으로 보아주셨지만, 내가 몽매하고 용렬하여 가르침을 저버리고 배운바가 전혀 없이, 갑자기 태산이 무너지는 아픔을 당하였으니, 이 한이 어찌 다함이 있겠나이까.

을사년 매국의 변고는 천고에 없는 일이나이다, 소자가 찾아뵐 때는 사우들이 가득하였는데, 선생이 다시 상소를 올려 역적을 성토할 것을 건의한 다음, 거의하기로 결정하셨는데, 사민들에게 포고할 때와 성사에서 제사하는 날 모여서 맹서할 적에 소자가 뜻을 받들어 주선하였나이다. 병오년 정월 그믐에 사직하고 돌아왔는데, 가친께서 선영에 일이 있어 즉시 달려가지 못하였고, 본댁을 떠나실 때에도 모시고 따라가지 못하였으며, 비족郞族 한일韓—이 중간에 선생의 지시를 받고 먼저 일어나 홍주洪州로 들어갔나이다.

꿈결 세상에서 꿈이 되어준 벗이여
나의 곁에서 나의 일상이 되어준 벗이여
오래오래 평안하고 오래오래 다복하게나

* 곽한소: 청주인이다. 자는 윤도允道 호는 경암敬菴이며, 충남 연기군 남면 고정리에 거주하다.

154

뇌사誅辭
- 이양호의 제문에 답하다

하늘이 사문斯文을 위하여 특별히 선생을 내니, 삼대의 인품으로 만방의 유종이 되시었나이다. 벽문에서 심법을 전수받고 운담과 교우하였나이다. 순양의 굳센 덕과 주리의 바른 학문으로 천지의 마음을 세우고 춘추의 의리를 잡아, 화이를 엄히 분별하고 인수를 통렬히 구별하였나이다. 지극한 정성으로 직간하니 방간의 충성이며, 정도를 호위하고 사설을 배척하니 대우와 맹자의 공이나이다. 온 세상이 꼭두각시인데 봉황이 철길 높은 곳에서 날고 있으니, 천하 만방에서 우리나라에 인물이 있음을 알았나이다.

군왕이 욕을 당하면 먼저 죽어야 하는 것으로써 선왕에게 바치고, 도가 망하면 함께 죽는 것으로써 신성에게 바쳤나이다. 처지에 따라 행동하여 절조가 더욱 높았고, 인을 구하여 이루었으니 무슨 원망이 있으시겠나이까, 선생의 일은 끝났다고 말할 수 있을 것이나, 억만 백성들은 어찌해야 하나이까, 오랑캐는 그만두고라도 어육 되는 화가 급하니, 죽은 이가 슬프기는 하지만 죽을 사람이 더욱 가련하나이다.

선생의 마음은 나를 자식같이 보았는데 소자의 몸은 아버지처럼 섬기지 못하였나이다. 비록 명을 받들어 다른 곳으로 가기는 하였지만 함께 붙잡히지 않았으니, 한 사람은 죽고 한 사람은 살아 오장이 찢어지려 하나이다. 어떻게 귀부를 얻어 저 섬 오랑캐를 결판내서 후일 깊은 땅속에서 웃음을 머금고 서로 대할 수 있겠나이까. 아픔을 참고 글을 엮어 감

히 한 잔 올리오니 영령께서 모르시지 않는다면 흠향하여 주시기 바라
나이다. 아! 슬프나이다.

천안고을에서 짚신 신고 찾아와
구척장신에 호리방울 두 눈으로
세세히 살펴보며 알뜰하게
아침저녁 지성으로 봉양해 준 그 손길 어찌 잊으랴
내가 죽었다 한들 어찌 그를 모르랴
눈물로써 그대 충정을 새겨듣노라
부디 봄 논둑에서 오는 봄 아지랑이 되라
꿈을 키워가는 복된 가정이 되라

* 뇌사誄辭 : 살아 있는 이의 공덕을 치하하며 신에게 복을 비는 말.
* 이양호 : 천안 사람. 자는 여직汝直, 호는 경운耕雲이다. 진양(경남) 집현면 대암리에 거주
  하다.
* 사문斯文 : 유교에서 유학자를 이르는 말. 유학자의 경칭.

무적霧笛
- 동기同氣, 동래기생 옥도玉桃의 제문에 답하다

동래기생 옥도는 삼가 박한 제수를 갖추어 통곡하며 정헌대부 행 공조판서 면암 최선생 영연 아래에 고하나이다. 아! 슬프며 아! 가슴 아프나이다. 찬정공 면암 선생은 도학도 높으시고 충의도 거룩하시어 나라에 보답하고 치욕을 설욕하고자 충언으로 몇 차례 직간하셨나이까, 부월斧鉞도 모르시고 정확鼎鑊도 예사로 보셨나이다. 창파만리滄波萬里 가실 때에는 두렵고 슬프더니 애석하나이다.

오늘에야 충혼이 귀국하니 당당한 충의로써 이역상사異域喪事 웬일이나이까. 어서 오소서. 선생의 영혼이여. 고국 땅이 여기나이다. 충의는 해와 달처럼 빛나고 절개는 상설霜雪처럼 늠름하시나이다. 천만고千萬古의 충신忠臣 열사烈士가 이보다 더 하겠나이까. 푸른 하늘 대낮에 내리는 쓸쓸한 비는 억만 동포의 눈물이요, 엄동설한嚴冬雪寒의 높은 바람과 바다 위의 낀 운무는 무슨 일 때문이니까. 운무가 걷힌 후에 두 무지개 하늘에 뻗치니 아마도 우리 선생 하늘에 오르시는 무지개다리인가 보나이다.

삼혼칠백三魂七魄 다 날아가도 충혼이야 없겠나이까. 세우리라. 세우리라. 우리 대한 독립 주권을. 삼가 존영께서는 강림하소서. 아! 가슴 아프나이다. 흠향하소서.

오래도록 온몸 짓눌러오는
여인의 울음에 놀라는 이런 날,

한여름 가문 날에
뼈와 살 태우며 흐느끼는 불 아궁이,
온몸에 생솔가지 터지는
내 울음 행여 들리시오
피 마르는 형극에서 뽑아 올린 절창,
아아, 조선인은 하나라오
남녀구분, 지위고하 무론하고
기실 한 뱃속 한 동기라오

* 부월斧鉞 : 도끼.

* 정확 : 춘추전국시대에 죄인을 삶아 죽이던 큰 솥.

* 삼혼칠백 : 중국 송나라 때 도교 총서 운급칠첨 54권의 기록을 보면 인간에게는 정신精神을 관장하는 혼魂이 셋이 있고, 육신肉身을 관장하는 백魄이 일곱 있다고 한다. 그것을 삼혼칠백三魂七魄이라고 하며 삼혼의 이름은 태광胎光, 상령爽靈, 유정幽精이다. 혼은 도교에서 말하는 세 가지 정혼精魂으로 태광台光, 상령爽靈, 유정幽精을 말하는데 각각 사람의 몸속에 갖고 있는 찬연한 빛, 하늘을 왕래하는 사자, 저승을 왕래하는 사자를 뜻한다. 칠백은 사람의 몸에 있는 일곱 가지 혼백, 곧 시구, 복시, 작음, 탄적, 비독, 제예, 취패를 말한다.

한 동기간同氣間의 노래
- 동래기생 비봉飛鳳의 제문에 답하다

천기 비봉은 삼가 박한 제물을 갖추어 재배하고 정헌대부 행 공조판서 면암 최선생의 영구 앞에 곡하며 올리나이다. 아! 예의동방 군자 나라에 충신 의사가 끊어지지 않는지라. 산천의 맑은 기운이 그 정기를 모아 우리 선생이 태어나시어 온량하고 공검한 자질을 갖고 강의하고 정직한 기개를 가지셨나이다. 태산교악의 절의요, 광풍제월의 흉금이시나이다. 충효와 도학이 모두 온전하고 문장과 명필을 겸비하셨나이다. 아침저녁 강론한 것은 삼경이며 아침저녁 저작한 것은 의리나이다. 학이 구고에서 울어 그 소리가 하늘에 들리어 묘당에 오르신 후에, 후원에 출입하며 보필하시어 군민을 요순으로 만들고자 하셨나이다. 진선폐사陳善閉邪 하는 상소에 마음을 다하여 지극히 간한 것이 몇 년이나이까. 대군자의 사적을 하향下鄕 천녀賤女가 어찌 알겠나이까. 사람 입에 전해진 말을 듣고 강녕하여 장수하시기를 빌었는데 망망한 나라 한쪽으로 선생이 행차하신 것은 뜻밖에 일이나이다. 시운이 불행하나이까. 다른 이역異域의 상변喪變이 웬일이나이까. 만경창파萬頃蒼波도 목이 메 이고 한 줄기 푸른 산도 수심에 쌓였나이다. 석자 명정銘旌을 높이 드니 충의가 당당하여 일월처럼 빛나나이다. 강남江南의 남녀들이 울면서 하는 말이 슬프고 슬프고 다시 슬프다 하나이다. 민충정공閔忠正公(민영환)에게 울던 눈물을 선생 앞에 다시 우니 대한 천지 인생들이 비통한 마음 하늘에 닿았나이다. 선비들은 글을 지어 조문하고 길 가는 이, 장사꾼들도 탄식하고 있나이다. 무식한 소녀들도 본래 양심은 똑같아서 원통한 마음 가누지 못하여 박한 술잔 올리고 거침 말을 엮어 감히 고하오니, 마음에 죄송함이 지극하나이다. 삼가 존영께서는 이 마음을 헤아려주시고 흠향하소서.
아! 슬프나이다.

삼가 청하노니, 기생이라 말씀하지 마시라
먼저 의관 갖춰 올리는 내 재배를 받으시오
쓰게치마 쓴 채로 그대 그 고운 이름 비봉,
해와 달이 빛을 잃지 않는 한 비봉, 그 이름을 새기리다
유곽이라 하나 따사로운 누이의 품속,
고달픈 꿈을 붙잡고 부르는 한 동기간의 노래라오
따사로운 그대 심장이 두근거리는 연모라오

* 동래기생東萊妓生 비봉飛鳳의 만사輓詞 전문

새벽빛 제문
- 임병찬의 제문에 답하다

병오년 11월 갑오삭 20일 계축에 소자 임병찬은 감히 면암 최선생께 통곡하며 술을 올리나이다. 아! 슬프나이다. 선생이시여. 선생이시여. 평생 동안 자신의 임무가 이미 중대하시어 정도正道를 호위하고 사설邪 說을 배척하고 중화中華를 높이고 위태로움을 붙드셨으니 도는 해와 달처 럼 밝고 의리는 춘추春秋를 지키셨나이다. 시대의 운수가 이미 쇠하고 운 명의 길이 많이 어긋나 두 차례 견책譴責을 당하시어 7년 동안 세 차례 옮 기셨나이다. 역적을 꾸짖고 그 죄를 성토하되 대면하기도 하고 글로써 하기도 하셨는데 16조항[1]의 글은 가히 만군萬軍을 대적할 만한 것이었 나이다.

빈 고을에서 대중에게 맹서하니 의사가 열셋[2]이었으며 포로로 잡혀 바다를 건너가시니 스승과 제자가 한가지 마음이었나이다. 옛 도의를 살피건대 누가 능히 짝할 만하겠나이까. 동해로 가려 하였던 노중연魯仲 連과 거의 비슷하시며 바닷가에 갇혀 돌아오지 못하였으니 소무蘇武보다 훌륭하시나이다. 능히 의리를 지키고 능히 충성을 다 한 것은 악비岳飛와 문산文山과 같으시며 이 도를 민멸되지 않게 하시니 주나라에 계셨던 공 자, 맹자이나이다

아! 소자가 늦게 문하에 들어가 두터운 사랑을 받았는데 두 차례나 저 를 찾아주었고, 소자는 만 리 길에 모시고 떠나 4개월 동안 적소適所에 있 으면서 외롭고 위태로움을 서로 의지하였나이다. 깊은 물가에 임한 것

처럼 얇은 얼음을 밟는 것처럼 조심하셨는데 30일 동안 병이 위중해져 약물도 효험을 받지 못하던 중에 제가 돌아왔으니 얼마나 박정한 일이었나이까. 아득한 하늘이여, 이 어찌 사람의 일이겠나이까. 도도히 흘러가는 물에 유한을 씻기 어렵나이다. 혼령이 고국으로 돌아와 성대하게 임하고 계시매 이 박한 술잔을 올리니 신께서는 강림하소서.

혓바늘 곧추서 식사를 거른 적이 한두 번 아니네, 대마도 눈물이여
풍토병에 시달려 제주고을, 흑산도에서 초주검된 일도 부지기수,
나라 은혜 못 갚고 눈 뜬 채 죽은 나에게 과한 말씀 그만하게
표면상 드러내지 못하였으나 나는 죽음을 소망하였다네
내 나라와 내 동지들을 위함이 아니라네, 나를 위하여
국토가 유린되고 백성이 유랑 걸식하는 참담한 사태에도 무능한 나, 나를
나를 소멸시키는 죽음이야말로 내가 갈망한 대지大志였네
위정척사3)의 그 강렬한 주장도 물 그물망에 걸어두려네
그러나 죽은 나를 위하여 통곡하는 둔헌4)의 제문이여
지하에서 터져 나오는 나의 감격에 찬 전율을 알고 있는가
헛되지 않다, 헛살지 않았다, 그대를 만난 삶이여, 새벽빛 제문이여

---

1) 16조항 : 병오년(1906년)윤4월 7일, 면암이 일본 정부에 보낸 일종의 선전포고로 16조항의 의거소략義擧小略.

2) 임병찬, 고석진, 김기술, 문달환, 임현주, 유종규, 조우식, 조영선, 최재학, 나기덕, 이용길, 유해용은 이른바 순창에서부터 끝까지 면암과 동고동락하던 순창 12의사이다. 여기에 순창에서 전사한 정시혜를 포함하여 13의사라 한다.

3) 위정척사衛正斥邪 : 정학을 지키고 이단인 사학을 배척하는 유교의 이념을 대변하는 사상으로 구한말 외세의 개항압력이 거셀 때 이를 반대하는 반외세 운동의 이념적 바탕이 된 이론.

4) 둔헌遯軒 : 임병찬의 호

면암勉菴 제만록祭輓錄

　면암의 유체가 부산항에 당도하던 날부터다. 조선 팔도의 백성들이 옷섶 풀어헤치고 통곡하는 울음소리가 계곡물소리에다 천둥번개의 뇌성으로 천지를 삼켜버렸다. 상인들은 모조리 철시하였다. 조선농민들은 모조리 상복을 입었다. 유림의 유생들 수만 명이 자청하여 만장 수백 기를 들고 유체를 모셨다. 기생들은 분 바른 얼굴을 지우고 울다가 혼절하였다

　조선의 산천초목이 한통속으로 뭉쳐 울었다. 한통속으로 뭉쳐 울분과 탄식을 쏟아내며 사흘 밤낮을 지새웠다. 구한말의 대유학자이며 위정척사 운동의 핵심, 1905년 을사늑약체결에 따른 국권상실의 항거로 전개한 항일의병의 의병장으로서 애국애족의 모본을 보여주신 면암을 사모하는 발자취들이었다. 그날 무려 일백육십여 명에 달하는 이들이 만가輓歌를 올렸다

　최초의 장지葬地인 충남 논산 지경리 무등산 아래 입장하시기까지 백성들은 점점 더 늘어나 인산인해를 이루었다. 강권통치를 구상하던 일제는 놀라서 바라만 볼 뿐이었다. 조문객과 만장輓帳의 펄럭임이 그대로 숲을 이루었다. 조선백성들의 자발적인 참여와 애도의 물결은 제만록을 뒤덮었다. 자고로 역사상 어느 왕후장상王侯將相의 상사가 이에 견줄 수 있단 말인가

삶의 길이 반드시 살아서 영광을 누리는 일만이 아닌 죽어서야 꽃이
되는 영혼의 길이 있음을 상고케 하는 제만록에서 애타는 삶의 그늘이
주는 대고大鼓의 태산 같은 울림을 듣는다

* 제만록祭輓錄 : 죽음을 애도하는 시가詩歌를 말한다.

파도만장輓帳

유체로 앉았노라
제주도 뱃길과 흑산도 뱃길이
파도치는 대한해협 뱃머리 걸터앉았노라
된바람 갈기에
겨울 갈매기 울음도
검은 바다에서 솟구쳐 올라와 조선바다에
기旗를 세웠노라
평생토록 핏발선 나의 동공은
나부끼는 깃발,
도포 입고 정자관 쓴
내 몸 세워 몸으로 나부끼노라
윤슬*의 파도만장

* 유체遺體 : 부모가 물려준 자기 자신을 이르는 말, 또는 송장.
* 윤슬 : 달빛이나 햇빛에 비치어 반짝이는 바다나 호수의 잔물결.

맏아들을 부르다

- 유해환국遺骸還國

대마도에서 운명하신 지 닷새가 지났다[1]
시신으로 현해탄을 건너 온 면암이 대뜸 영조를 불렀다[2]
혼절하길 반복하며 영조가 달려들어 유체를 껴안았다
유해가 도착하자 부산상가는 철시撤市하였다
조선백성들은 울며불며 만사輓詞를 지어 바치기 바빴다
맏아들 영조는 민중의 파도를 읽었다
면암은 자식의 품안에서 평안을 누렸다 마음이 고요한
까닭인가 공연히 눈물이 흘렀다
머잖아 겨울이 물러가고 꽃이 만개하는 새봄이 올 터였다

* 맏아들 : 면암의 장자, 최영조를 말한다.
1) 1906년 11월 17일이다.
2) 1907년 11월 21일이다.

논산 노성리 무동산에 안장安葬하다
- 면암 봉분의 공명空冥

삶은 죽음보다 처절하였다
숨이 막혔노라 나를 읽는 것만으로도
오지 않는 여명 붙잡고
내 운명에 최선을 다할 뿐
나는 생사生死의 껍질을 벗어던졌다
한恨이 느껴진다, 통한의 기운이
역사에 나를 쓰고
세상을 지배하는 것은 어둠이다

* 1907년 4월 1일 면암 유체는 충남 논산 노성 월오동면 무동산 계좌癸坐에 안장되다.

이장移葬

나당연합군과 맞서 싸우는
백제 할아버지들의 불굴의 용기가 천수백년의 시차를 넘어
면암의 피를 부르네, 울면서
면암의 유체를 껴안고 기뻐 뒹굴고 있네, 들어보게
역사의 선택이네
백제부흥군의 피울음이 면암을 불렀다네

* 1909년 11월 14일 면암 묘소를 충남 예산군 광시면 관음리로 이장하다.

168

광시의 절규

광시는 핏방울이다 사금파리라도
사금파리 하나로 제 생애를 닦고 쓸며
부지런하게 핏줄기들이 사는 동네다
아침을 밝히는 것은 핏방울,
광시는 밤새 제 혈관을 타고 도는 한을 씻어
오로지 아무도 모르는 속울음으로만 이슬을 빚어내고
광시고을에 빼곡하게 들어선 정육점,
처마 갈고리에 걸린
뻘건, 시뻘건 갈망으로 제 몸을 할퀴면서
죽어서, 죽어서야 사는 생이
면암 묘소에서야 외마디 소릴 낸다

* 광시 : 면암의 묘소가 있는 충남 예산군 광시면을 말함.

실핏줄

제 생애를 녹여 고샅길 내달렸다
단 한시도 멈추지 않았다 힘줄에 뿌리내려
살점을 파고들기까지
봄볕에 낮잠 자는 날도 물론 있지만 유서遺書를
심중 대동맥이 읽는 일에 몰두하였다
나의 유적 따위야 잊겠지만
나의 유체 손톱과 머리칼이 간절히 부르는
자유, 그 젖은 가슴 부여잡고
내달려온 일생, 고단한 일대기를 고요히 바라보는 고을
여기다, 여기서 다시 내 몸이 사는
예산 땅 광시고을이다
광시에 마지막 숨결뭉치 부어놓았다

모덕사

장작더미 다 타버린 그 자리에
새 장작더미를 쌓아가는 가부좌가 잿더미 헤치며 불씨,
불씨 하나 호호불어 되살려내고 있다
눈빛을, 한 사람만 그리는 내 눈빛을 거두는 일 없으리라
잊고 계셔도, 죽어 뼈마저 녹아도
사모하는 연모의 불씨 시뻘겋게 일렁이리라
젖어 있는 중화당 연못마저
삼천세계 달려온 두 무릎에 들어와
그리운 이 품속으로 파고들리라

* 모덕사慕德祠 : 충남 청양군 목면 송암리 171번지에 위치한 면암 영정을 배향한 사당. 이
름은 고종의 어지御旨에서 차용하였다. 면암은 현재 청양 모덕사를 비롯하여, 경기도 포
천의 채산사, 경기도 가평의 삼충단, 전북 군산의 현충단, 전북 진안의 이산묘, 진안 마
령면의 영곡사, 전북 순창의 지산사, 전북 정읍의 시산사, 정읍시 칠보면에 있는 호남의
병 창의지인 무성서원 등에 선생의 영정 혹은 위패가 모셔져 있다. 이 외에도 전북 고창
의 도동사, 광주 광산의 대산사, 전남 함평의 월악사, 전남 곡성의 오강사, 전남 구례의
봉산사, 전남 보성의 모충사, 전남 무안의 평산사, 전남 화순의 춘산사 등에도 선생의 영
정 혹은 위패가 모셔져 있다. 전남 신안군에는 여기저기 선생의 흔적이 보인다. 경상도
와 제주도, 일본, 강원도 등에도 선생의 유적은 곳곳에 남아 있다. 경북 울진의 아산영
당에 영정, 경남 하동의 운암영당에 영정이, 제주도에는 선생의 유적비 등이 있으며, 금
강산에는 선생의 글씨가, 대마도에는 순국비가 있다.

중화당 장독대

눈빛을 갈무리하여 빚은 나라에 오면
눈빛과 눈빛이 서로 뒤엉켜 쌓아올린 섬광이 숨 쉰다
저마다 기억을 잃어버린 방에서
구부정한 뒷산 소나무 뿌리나 만지작거리면서
응어리진 심중눈빛을 삭히고 있다

* 장독대 : 청양 모덕사 중화대 뒤뜰의 장독대.

모덕사 기념식수

"나랏일이 어지러움에 경의 덕을 사모하노라"
조선왕의 밀지密旨를 새겨 명명한 모덕사

면암 위패가 모셔진 청양 목면 모덕사에는
의병거병일 양력 4월 13일과 운명하신 음력 11월 17일,
청양 거주 유림들이 메밥을 올리고 있다

허기진 조선이 메밥으로 배 채우고 나서
일 년에 두 번 상투머릴 빗어 올리는 추모제

한국 동란기에 해공이 심은 잣나무 한 그루,
청양 모덕사에서 잣나무 한 그루 울고 있네

* 모덕사慕德祠 : 충청남도 청양군 목면 나분동길 12, 충청남도 문화재자료 제152호
(1984.05.17. 지정). 면암 최익현(1833-1906) 선생의 영정을 모신 사우로 1914년에 건립되었
다. 고종황제가 내린 비답 가운데 "면암의 덕을 흠모한다[眼處孔棘慕卿宿德]"라는 구절에서
"모慕"자와 "덕德"자를 취하여 명명하였고 유림의 소유로 청양군에서 관리하고 있다. 면
암勉菴의 영정 및 위패位牌가 봉안되어 있으며 유품도 전시되어 있다. 현존하는 건물로는
영당影堂을 비롯하여 고택과 중화당·장서각藏書閣·춘추각·유물전시관 외에 관리사무소가
있다. 6·25 한국전쟁 당시 국회의장이던 해공 신익희가 찾아와 분향 올리고는 잣나무를
심었다. 매년 4월 13일 항일의거기념 면암 최익현의 추모제가 열린다.

면암 봉분의 신록

봉분 밖에는 휘영청 오월 보름달 떴다
겨우 네 살에 포천에서 단양 금수산으로 이사,
열한 살에 다시 단양에서 양평 후곡으로 이사,
스무 살에 북한강 기슭으로 이사,
스물한 살에 양평 후곡으로 다시 이사,
스물두 살에 고향 땅 가채리로 다시 이사.
예순여덟에 충남 청양 정산으로 이사,
일본 대마도에서 굶어 죽은 시신으로 부산항에 이사,
사립장으로 논산 무등산 자락에 묻혔다가
임존성을 품은 예산 봉수산 자락으로 이사,
수없이 이사 다니며 배 곯기를 밥 먹듯 하였도다
예산 광시에 유체를 뉘였으나 그뿐,
반 동강이 난 조국의 산하는 여전히 배곯고
봉분 위로 뜬 휘영청 오월 보름달빛에
연초록 새잎 터져 나오는 광시가 좋아
더 이상 이사 가지 않고 여기서 살겠노라

메밥, 첫 수저의 독백

모락모락 피어오르는 메밥 붉은 목화솜을
야윈 오른 손으로 오랜만에 놋수저 들고 있다

벼루와 붓 마주하며 삶은 늘 고요하였다
글 쓰는 일 이외에 늘 침묵하며 농사짓고 살았다
상소 올리거나 태인 의병장 되는 일도
아주 조용히 물감 풀어 놓았는데
광시 소나무 숲에 묻혀 홀로 흙숨 쉬는 오늘 돌연 가슴 뛰고
감격에 겨워 놋수저 고봉,
송진 솔걸 마디진 쌀밥 응어리를 고봉 떠먹다

여한 없다, 어둠의 나라, 나의 영토에서
방울방울 고운 음성 크는 생애의
심방에 달린 상현달 밝히는 사월 화등花燈

* 태인 : 전라북도 정읍시의 옛 지명이다.

175

백범 김구, 면암 묘소에서 울다

　백범 김구 일행을 태운 차량이 예산역을 지나 광시에 내리자 국군의 장대가 언제 왔는지 면암 묘소 입구에 도열해 있다. 광시면의 *검은바위 주변 솔잎이 광시 관음리 면암묘소에 눈물 떨구다. 차량에서 내리자마자 툭 튀어나온 백범 김구 주석의 광대뼈도 울다. 분위기가 엄숙하다. 산새 몇 마리는 부리에 봄을 물어와 잔디밭에 까치밥을 일으켜 세우고 비도 안 오는데 묘소 앞 상석의 눈망울도 젖어 있다.

　일순 의장대 병사들이 쭈뼛 머리칼 세운다. 피울음인가. 백범, 백범이다. 조선호랑이 백범 김구가 지금 흐느끼고 있다. 혼신의 힘으로 대한민국 임시정부를 세운 백범이다. 조국 독립의 결연한 의지를 벼린 칼날 번뜩이며 단 한 방울의 눈물조차 허용 안하던 강철심장, 백범이 내는 울음, 저 울음소리는 혹여 조선의 청천靑天 아닌가. 경기도 포천, 낮은 야산을 풍경으로 태어나신 면암 최익현이 일흔셋의 나이에 의병장이 되어 일제와 싸우다가 체포, 구금되었던 대마도에서 단식으로 인한 극심한 체력소모로 순국하기까지 저 꼿꼿한 면암 일대기의 동공이다.

　강골한의 눈물, 단 한 번도 안 흘리던 면암의 눈물을 읽는 *병술년 사월 스무사흗날 오정 젯밥이다. 적국의 땅, 대마도에서의 극심한 통증에 가까운 허기의 살기를 회상하며 면암은 눈물로 백범이 차린 메밥을 드실 참이다. 그 옆에 차량바퀴가 푹푹 빠지는 광시고갯길을 넘어 달려온 김규식, 이시영, 이동녕, 조성한, 차이석 등등의 임시정부 요인들이 보인다. 목숨을 내놓고 싸운 조선의 독립투사들이다.

　면암 묘소에 이르러 독립하였나이다. 봉분을 향하며 보고드릴 때, 그 얼마나 학수고대하던 말인가. 면암은 마치 생시처럼 귀를 세워 듣고 또 들었으며 깊고 깊은 심중에 아로 새겨두었다. 대한민국은 독립하였나이다. 이제는 국민이 주인이 되는 자유와 평화의 새 나라를 열겠습니다. 면암은 대한민국임시정부 김구 주석으로부터 꿈에도 그리던 대한민국독립의 보고를 들었다. 그리고는 흙을 베고 누운 자리에서 흙을 깨고 일어나 앉으시며 면암이 미소를 지으셨다. 오래 잠들어 계시던 눈 부비며 깨어나신 면암이 눈물을 닦으시며 백범의 등을 쓰다듬었다.

　가까이 자리한 임존성의 성벽에 뿌려진 백제 할아버지들의 피와 살이 되살아나 살포시 물오르는 가지 끝에 몸을 떨고 있다. 잠깐 내린 봄비가 솔잎을 씻는 오정, 시장하다. 배고프다. 나라를 잃고 가족의 안위마저 물을 곳 없던 면암이 나직이 아들 영조, 영학, 영복의 이름과 옆에 누워 잠자는 사랑하는 아내, 청주한씨를 흔들어 깨웠다. 마음 둘 곳 없던 면암 혼백이 비로소 크게 기지개 켜시며 생시인 양 호탕한 웃음 터트리고는 아주 천천히 바싹 마른 오른손 들어 메밥에 꽂힌 숟가락을 잡고 계시다. 봄은, 새봄은 면암의 묘소에서 면암이 메밥을 드시고 포만감에 오수午睡를 즐기실 때에 슬며시 찾아와 이 땅의 산천초목에 생기를 준다.

---

* 검은바위 : 예산군 광시면 관음리에 소재한 바위를 이름한다.
* 병술년 : 1946년이다. 백범은 환국을 한 1945년 11월을 지나서 1946년 4월 23일, 서울에서 대한민국임시정부 요인들을 대동하고 모덕사 참배를 한 후, 충남 예산에 내려와 면암 최익현 묘소가 있는 예산군 광시면 관음리에서 면암묘소에 분향재배하였다.

백범 김구, 면암 묘소에서 절하다
- 재배하며 올린 백범의 독백

일본 대마도에 끌려가 운명하신 어른이여
선생님을 흉중에서 단 한 시도 잊은 적 없습니다
불의에 맞서며 백성의 안위를 살피시다
항일의병의 선봉에 섰던 이름, 면암을 간직합니다
독립이 막막하여 마음 둘 곳 없을 때
그 불굴의 투지와 기개가 제 가슴을 쳤습니다
그 죽음조차 간절히 흠모하다가 이제야
조국 광복의 환희를 말씀 올리는 여긴
작은 들판을 끼고 낮은 야산 턱에 잠들어 계신
예산군 광시면 관음리 선생님 유택입니다
조선 의병의 총본산이요 독립군의 성지입니다
대한민국임시정부 주석으로 절 올리며
제수 올리오니 부디 마음껏 흠향하소서

* 면암 묘소: 충남 예산군 광시면 관음리 산21-1 소재하는 면암의 묘소를 말한다.

국회의장의 참배
- 해공 신익희, 모덕사에서 면암 영전에 환도고유제를 올리다

 1948년 4월 19일, 김구와 김규식은 북한의 김일성을 만나려 향북하여 평양에서 김일성과 남북 대표자 연석회의 갖는다. 이들은 평양에서 13일을 체류하고는 남북연합 정부 수립이라는 회담의 결렬로 인한 소기의 성과 없이 5월 2일 귀경한다. 이후에 남한에서만 5월 10일 제헌 국회의원 선거를 실시하여 한반도 역사 이래 처음으로 국민이 주권을 행사하는 제헌국회를 형성한다, 곧 이어 6월 10일 유사 이래 처음으로 국회법을 통과시켜 초대 의장에 남한만의 단정론單政論을 주창한 이승만을 피선한다. 1948년 7월 1일 국회에서 국호를 대한민국으로 결정하고 12일, 헌법을 통과시킨 뒤 7월 20일 대한민국 초대 대통령에 이승만, 부통령에 이시영을 피선한다. 공석이 된 국회의장은 8월 4일에야 신익희를 국회의장에, 김약수를 국회부의장에 피선한다. 이로부터 2년 뒤인 1950년 6월 25일 새벽, 김일성의 남한 기습침공으로 한국동란이라는 한반도 역사상 미증유의 전쟁이 발발한다. 북진통일을 주장하던 이승만 대통령은 불과 3일 뒤인 6월 28일 서울을 빼앗긴다. 그리고는 정작 본인은 서울함락 직전인 6월 27일 새벽 2시에 각료들과 함께 특별열차 편으로 대전으로 도피한다. 전쟁발발로 불안해하는 서울시민들에게는 '정부를 믿고 동요하지 말고 서울시민들은 서울에 머물라'는 방송만 라디오 전파를 타고 흘러 서울시민들은 무방비 상태에서 점령당하는 서울에 남아 있어야 했다. 오직 자신의 안위를 챙긴 이승만은 7월 1일 새벽에 3일을 머문 대전에서 전북 이리로 다시 도피한다. 이리에서 하룻밤을 자고 7월 2일에 목포에서 배를 타고 부산으로 도피한다. 그도 불안하게 여

긴 이승만은 궁극적인 전쟁패배를 대비하여 일본 야마구치현에 대한민국 망명정부를 설치하는 일을 일본정부와 논의한다. 이에 일본정부는 야마구치현에 한국에서 피난할 대규모 인원을 수용할 준비를 한다. 훗날 대통령을 하면서 대한민국의 자립적인 국가경제를 위해 독자적인 공업화정책을 추진한 등등 공이 없는 것은 아니지만 6·25 한국전쟁 시에 이렇듯 일로 도피에 전력하면서도 이승만은 초대미국 대사인 장면에게 훈령을 내려 미국과 UN의 도움을 청하게 한다. 대한민국 초대 미국대사인 장면 대사는 마침내 이를 관철시켜 미군과 유엔군이 참전하는 성과를 거둔다. 이후 그 당시에 이미 70세에 이른 노장군인 맥아더(1880년생)에 의하여 1950년 9월 15일 새벽 2시에 총병력 7만 명으로 구성된 한미연합군이 인천상륙작전을 개시하여 일거에 북한의 낙동강 병참선을 차단하고 인천과 서울탈환을 한다. 이로써 이승만은 부산에서 서울로 환도한다. 환도 이후 1953년 3월 13일 신익희 국회의장은 국회의장단 및 국회의원들을 대동하고 예산 광시 관음리에 찾아와 면암 선생 묘소에 참배하고 나서 청양 모덕사에 모신 면암 영정 앞에 분향재배 올리다. 이때 모덕사 뜰에 환도고유제 표지석을 세우며 기념식수紀念植樹 한다.

어찌하여 가슴은 이다지도 벅찬 설렘이나이까
백치 조선을 끌어안고 비명횡사한 의기 그리며
국민이 주인이 되는 반도의 옷고름 지켜낸
피로 지켜낸 흔적 앞에 옷깃 여며 섰나이다
중국 임시정부 시절에 간절히 그리웠나이다
백범 주석이 그러하듯 저, 신익희도 무릎 꿇나이다
쓰러져가는 고목 끝까지 부여잡고 싸우신
조선 민족혼의 성인 앞에 삼가 무릎 꿇나이다
이 나라를 지켜주심으로 나라를 찾았나이다

부산 임시수도에서 서울을 회복하였나이다
우리 영토와 백성과 주권을 지켜내게 하소서
이 미증유 동란의 와중에서 이기게 하소서
다시 자유대한을 강국으로 세울 힘을 주소서
조선 의병의 시발점인 민족정신의 고혼이여
조국 대한민국을 지켜낸 순백의 영혼이여

* 신익희申翼熙 : 평산신씨로 호는 해공이며 1894년 경기 광주 출신이다. 1910년 한성관립외국어학교 졸업 후, 1912년 일본 와세다대학 정경학부에 입학하여 유학하였다. 1913년 귀국하여 고향에 동명강습소를 열어 신문화와 개화사상을 보급하였으며, 1919년 독립선언문을 배포하며 만세시위를 주도하였다. 그 해 일경의 체포령을 피해 상해로 망명, 임시정부 수립에 참여하여 내무차장, 국무원비서장, 외무총장 서리, 내무부장 등을 역임하고 조국의 광복을 맞아 귀국하였다. 귀국 후 민주당 최고위원 및 국회의장을 역임하고 1956년 민주당 대통령 후보로 민주주의 실현을 위해 혼신의 힘을 기울이다 유세 가던 중 열차에서 뇌 내출혈로 서거하였다. 한편 서울시 강동구청에서는 2001년 5월 3일, 높이 2.5m, 좌대 높이 1.5m의 해공동상을 건립하였다.

대한민국건국훈장 추서

땅 한 떼기 없는 지경에서
비옥한 옥토를 물려주신 손길을 따라
논배미마다 잘 여문 벼이삭
마당마다 실한 콩바심
식탁을 채운 기름진 웃음이 넘쳐납니다
어린아이들이 마음껏 뛰노는
터전을 가꿔주신 손길,
정녕 타협이나 굴종이 아닌 전심으로
순국하여 뿌린 생명 씨앗
민족정기 키워 피운 꽃은
필시 조국통일의 마중물로 빛날지니
평안히 영면하소서
백두산에서 한라산까지 어우러진 빛이여
대한민국의 주춧돌이시여

* 1962년 3월 1일 윤보선 대통령은 면암께 대한민국건국훈장 대한민국장을 추서하였다.

계명성 啓明星

땅이다, 나는 땅에서 허우적거렸다 진흙 펄 밭에서
전신뿐이 아닌 깊이 팬 상처에까지
온통 진흙덩어리였다, 무한 쓰리고 시렸으며 절규하리만치 아팠다

가정을 꾸려 일가를 이루었으나
가솔들과 더불어 살기보다 국태민안을 더 걱정하였다
성리학의 도道야말로 치세의 근원이며
위정척사衛正斥邪야말로 치국의 완성, 그 길을 걷다가
단 하나도 성시시키질 못하였다
다만 굳건히 믿기를 죽음, 나의 죽음만은
단순히 죽음으로 끝나지 않을 것이라 골백번도 더 되뇌었다

가장 밝게 빛나는 찰나의 어둠이
밤하늘에 떠올라 별무리 눈동자가 될 것을 믿었다

평생 땅에 엎드려 발버둥 쳤으나
실어증에다 쓸쓸한 언덕에서 불어오는 황사에 눈 못 뜨고
횃대 치며 울 지상의 닭을 깨워
기필코 광란의 밤바다에 몸 던진 핏줄의 정수리를 쳐댈 것이다

동녘은 그리하여 밝아오고
죽어 떠오른 새벽은 샛별이 될 것이다

면암최익현선생춘추대의비

발등 시려오는 계절이 오고
밤하늘 은하가 유난히 반짝거리는 밤이 오면
혈관에서 기어 다니는 피돌기가
거꾸로 돌아가지, 때로는
핏발선 채 상소 올리는 면암 손끝 붓촉의 심방이 되지
가슴 계곡 개여울 물살은 언제나 따스해
운석 빚어 만든
혈맥의 마그마로 굳어
저승 빛이 새긴 영혼의 성채,
빛고을 광시를 밝게 비추는 거울이지

* 면암최익현선생춘추대의비勉菴崔益鉉先生春秋大義碑 : 충남 예산군 광시면 관음리 산21-1
  면암묘소 입구에 세워진 비석으로 1972년 11월 모현사업회에서 건립하다.

면암의 당부

틈새, 국왕과 국민의 사이에서 경황없었노라

쟁기질하고 씨 뿌리며 살아온 날들이나
국왕을 대면하며 대궐에서 산 날과 유배의 날들이나
포승줄에 꽁꽁 묶여 적국의 땅, 대마도로
일본 유배를 떠나는 처절하고 쓰라렸던 날들도
결국 그 험지를 벗어나는 끝이 있었노라

살아 있는 모든 것은 시작과 끝이 있노라
생이란 시작과 끝, 그 사이에만 사는 것이었노라

내 목숨의 여로도 이렇듯 끝이 있음이니
나의 유체 역시 여기, 광시에 있음이 끝이라
대한민국 어디나 내 사랑하는 터전이라
어느 한 곳에만 나를 가둬 두려 하지 말지어다

유체 일으켜 한 번 이장한 것으로 충분하니
더 이상 나를 입에 올려 이장 운운 말지어다.

호명

솔밭 꿈속에 한 눈동자 심어
누가 최익현, 익현아
낮은 음성으로 나를 부르면
산비탈 묵정밭머리 고사목이랴
거추장스러운 호흡 멈추고
고즈넉하게 내 몸 썩여가다가
이름 속으로 들어가리라
삼동 추위에 웅크린 호명이랴
내 이름의 이름이 되리라

재회 再會

멀리서 들려오는 기적소리에 대문이 불타올랐다
순간순간마다 안마당 가로질러 대문에 눈길이 가닿았다
밤을 지새우는 것쯤
아무렇지 않게 나래질이 울렁울렁 앙가슴에 내려
연거푸 눈길을 돌렸으나
고요는 여전하여 오월 모란이 피었다
간절함이 온몸을 녹아내릴 듯하였으나 아무도 없는 공허가
예리한 비수로 등을 찔러댔다
나의 나라는, 나의 동화는, 나의 영혼은 없는 것인가
유일한 희망이 절망뿐인데 전율은 또 무엇인가
난자당하고 싶었으나 거꾸러져서
다시 대문 쪽을 응시하는
모란꽃 떨어져도 대문은 여전히 불타올랐다
꽃나무는 반드시 꽃을 피우는 법이지
도리질하면서도 내년을 기약하는 눈길 또한 거두지 못하였다

詩로 쓴 조선의 얼

면암 최익현 勉菴 崔益鉉

해설

면암으로 빙의憑依되어
시로 담아낸 최익현의 애국과 삶

이병헌(시인)

1. 면암 최익현을 흠모하는 시인

이 세상에는 아무 생각 없이 살아가는 사람이 있고, 생각하지만 행동으로 이어지지 않는 사람이 있으며 생각 없이 행동으로 이어져 일을 그르치는 사람이 있다. 자연인으로 태어난 인간은 성장하면서 그 삶속에 자신의 무늬를 담게 되고 그 무늬는 자신을 나타내는 뿌리가 되어 삶의 원동력이 된다. 신익선 시인의 『시로 쓴 조선의 얼 면암 최익현』은 면암의 끈질긴 삶과 민중의 활화산 같은 의지를 끊임없이 담아내면서 써 내려간 서사시로 읽으면서 면암의 삶과 애국정신 그리고 민중 의식이 시나브로 배어들게 한다. 이는 시인과 시 속의 면암이 하나가 되어 빙의되는 모습으로 작품 속에 배어들고 읽은 독자도 그 자리에 함께하게 된다.

신익선 시인은 충남 예산에서 태어나 평생 치열하게 글을 쓰고 있고 화서 이항로가 최익현에게 면암勉菴이라는 호를 내렸다면, 산사山史 김재홍金載弘 선생은 신익선 시인에게 산정山汀이라는 호를 내렸다. 시인이 산사 선생에게서 무한한 시의 세계를 배웠다면 산사 선생은 시인에게 무한한 신뢰를 보냈다. 이제 보답하듯 신익선은 시 창작 동인인 '산사시'를 이끌면서 시인을 따르는 제자에게 고인이 된 산사 선생의 가르침을 나눠주고 있다. 시인은 산사 선생으로부터 진실하고 성실하며 치열하게 꾸준히 쓰라는 가르침을 받았고 마르지 않는 시심으로 많은 시를 쓰면서 가르침을 끊임없이 전하고 있고 쉬지 않고 창작 활동을 하고 있다.

신익선은 예산을 사랑하는 시인이다. 특히 예산에 많은 관심을 가지고 시인이라도 쓰기 쉽지 않은 서사시로 예산을 노래하고 있다. 『예산 아리랑』, 『예산의 문화산수화』, 『예산 임존성』, 『예산의 문화산수화 2』 등을 통해서 예산의 역사와 문화를 담아내어 예산의 새로운 패러다임을 만들어내고 있다.

예산교육지원청에서 '예산 6현'을 선정하여 예산의 얼 가꾸기 교육하고 있는데, 예산 6현에는 매헌 윤봉길, 추사 김정희, 면암 최익현, 일우 김한종, 수당 이남규, 일연 신현상 등이 포함된다. 이 중에 매헌 윤봉길, 추사 김정희와 면암 최익현에 대한 서사 시집을 발간하여 그들의 삶과 문학 그리고 나라 사랑 정신을 널리 알리고 있다.

특히 『시로 쓴 조선의 레전드 추사 김정희』 전 3권을 통해서 추사 김정희의 삶과 예술 그리고 나라 사랑 정신을 일깨워 주고 있고, 『시로 쓴 일대기 매헌 윤봉길』 전 3권으로 매헌 윤봉길의 애국심과 문학과 삶을 가득 담아내고 있다. 또한 『예산에 잠든 조선 선비의 표상 면암 최익현』을 통해서 참된 애국자인 면암 최익현의 삶과 나라 사랑 정신을 일깨우고 있다.

신익선은 한국문인협회 충남지회장을 역임하였고 충남문인협회 고문 · 한국문인협회예산지부 고문 · 내포문인협회 고문, 국제펜충남지역위원회 고문을 맡으면서 후배 문인들에게 본보기가 되고 있다. 그는 진정성, 성실성, 치열성 그리고 일관성을 가지고 글을 쓰라는 가르침으로 글을 열심히 쓰도록 독려하고 있다. 특히 예산 문인협회 회원들은 그의 독려에 힘입어 매년 문인들이 작품집을 발행하고 있으며 그는 회원들이 작품집을 낼 때마다 작품집 10권씩을 구매하여 말로만 하지 않고 행동으로 후배 문인들을 아끼면서 치열한 창작 활동을 돕고 있다. 그리고 2025년 제4회까지 수여한 예산문학상에 자비로 상금을 출원하여 수상자뿐만 아니라 지역 문인들에게 창작 의욕을 고취할 수 있도록 돕고 있다. 하우얼은 '말 만하고 행동하지 않는 사람은 잡초로 가득 찬 정원과 같다.'라고 말하였는데 입으로만 독려하는 것이 아니라, 말과 행동으로 보여주고 있다.

면암 최익현의 묘소가 광시면 관음리 도로변에 있는데 예산문협 회원들과 이곳에 들려 술을 따르고 절을 하면서 예를 갖추기도 하였고, 후배 문인들에게 그의 삶과 나라 사랑 정신 이야기를 나누면서 그를 기리기도 하였다.

신익선은 시를 쓰면서 청양군 목면 면암의 사당과 생가를 끊임없이 드나들었고 몇 시간씩 달려 면암의 고향인 경기도 포천시 채산사와 생가지에도 가서 면암의 자취를 만나고 시인의 영혼 속으로 빨아들였다. 이렇게 몸과 마음으로 치열하게 그를 따르니 시인의 가슴속에 있는 면암의 숨소리를 마주할 수 있었고 그것을 끄집어내 넓은 시의 세계에 풀어내었다.

그러한 면암의 고향에서 제일 먼저 만나 뵙는 이는 사람이 아니라 면암 생가 터의
표지석이다. 돌에 새겨진 표석이 반가이 맞아주신다. 면암이 태어난 생가터에서 조금
동남쪽으로 터 잡아 세워진 것이라는 표지석은 예산 광시면 면암

유체를 지켜보는 광시

　비석과 연緣이 닿아 있는가, 어쩌면 엄숙하면서도 풍채가 붉디붉
다. 가채리 생가터 뒷산이

　비를 맞으면서도 어쩐지 쓸쓸하고 허기져 보인다. 비 맞는 표지
석 가장자리에서 뒹굴어

　구르는 물방울에서는 어쩐지 허기에 말려 들어간 면암의 혓바닥
이 보인다. 말을 못하고

　임종하는 면암의 고요한 눈빛도 표지석에 들어 있다.

- 「면암 생가 표지석」 일부

　장작더미 다 타버린 그 자리에
　새 장작더미를 쌓아가는 가부좌가 잿더미 헤치며 불씨,
　불씨 하나 호호불어 되살려내고 있다
　눈빛을, 한 사람만 그리는 내 눈빛을 거두는 일 없으리라
　잊고 계서도, 죽어 뼈마져 녹아도
　사모하는 연모의 불씨 시뻘겋게 일렁이리라
　젖어 있는 중화당 연못마저
　삼천세계 달려온 두 무릎에 들어와
　그리운 이 품속으로 파고들리라

- 「모덕사」 전문

　위의 「면암 생가 표지석」 일부와 「모덕사」에 시인이 면암에 대한 애
달픔과 연모의 정을 가득 채워주고 있다. 표지석을 보면서 '어쩌면 엄
숙하면서도 풍채가 붉디붉다.'라고 표현하면서 예쁜 아이에게 할 수
있는 마음으로 곱게 표지석을 대하고 있는데 이는 표지석에서 면암의
모습을 보았기 때문이다. 「모덕사」에서는 '잊고 계셔도, 죽어 뼈 마져

녹아도 / 사모하는 연모의 불씨 시뻘겋게 일렁이리라'고 말하는 것은 마치 사랑하는 사람에게 전하는 연모의 정을 풀어내는 모습이다. 그 정도로 면암에게 깊은 사랑을 느끼고 있고 애달픔과 연모의 정이 하나가 되어 면암의 삶으로 들어간다.

2. 상소로 시작되는 면암 최익현의 삶과 충정을 날카로운 붓으로 그리다

『시로 쓴 조선의 얼 면암 최익현』은 제4부로 이뤄져 있다. 특별하게 분리할 필요는 없지만 1부는 면암의 삶, 가정, 벼슬과 유배를 담아내고 있고, 2부에서는 군국기무처, 청일 전쟁, 을미사변, 아관파천, 대한제국 선포 등의 우리나라의 아픈 현실을 시로 그리고 있다. 3부에서는 민중 속으로 들어가 봉기하였으나 힘이 없으니 체포되어 압송되어 수감생활을 하다가 단식하다가 세상을 떠나는 모습을, 4부에서는 면암이 세상을 떠난 후 논산 지정리에 묻혔다가 광시면 관음리로 이장되는 장면까지 그려지고 있다.

시인은 면암의 '대원군 탄핵 상소', '선유 대원 거절 상소', '궁내부특진관' 거절을 하는 1, 2, 3차 상소와 면암이 대궐 앞에서 철야 주청하는 상소 투쟁의 모습을 마음으로 써 내려갔다. 또한 '청토오적서' 상소는 단단한 면암의 마음을 시인의 절망의 눈빛으로 담았고, 살아서 고종황제에게 보내는 마지막 상소 '유소'는 임종을 지킨 임병찬이 받아 적은 상소문이 되었다.

면암의 상소는 그의 충청 어린 삶이었다. 상소로 인해서 자신에게 돌아올 불이익을 전혀 생각하지 않았고 올곧은 마음으로 상소를 올린 면암의 마음속으로 스며들었다.

눈 시퍼렇게 뜨고 살아가는

잡초다

말 못하는 풀섶 덤불이다

밟히고 밟히지만, 기어코 살아남는

풀이다

무명옷에 거머리 뜯기며 살아갈지라도

끝끝내 꼿꼿한, 꼿꼿한

이 땅의 피다

물러나라 권력의 의자에서 떵떵거리는

위세야 잠시잠깐,

물러나라

면암, 조선을 후리치다

- 「대원군 탄핵 상소」

「대원군 탄핵 상소」를 읽어 내려가노라면 단호한 신익선의 목소리를 들을 수 있다. 대원군의 권력이 정점일 때 과감하게 탄핵 상소를 올렸지만, 그로 인해서 제주도로 유배당하는 것을 시인은 뚫어지게 통찰하면서 시원한 한 방을 담아내었다. '눈 시퍼렇게 뜨고 살아가는 / 잡초다 / 말 못하는 풀섶 덤불이다 / 밟히고 밟히지만 기어코 살아남는 / 풀이다' 대원군의 권력이 하늘을 찌르면서 조선이 큰 어려움 처할 때 답답했던 면암의 충정으로 인해서 대원군이 자리를 내놓게 되었다. 그는 상소를 통한 자신 생각을 전달하게 되었는데 이를 바라보는 신익선은 면암의 옷을 입고 면암의 입술을 들먹였다.

폐하, 소신의 주청을 가납하여 주소서

외치고 외쳤으나

누구 한 사람 눈길 주지 않다

국가라는 실권은 이미 일본에 빼앗겨

황제는 허수아비로 전락,

깔고 앉은 멍석만큼의 힘도 없는

동짓달에

한자리에서 꿈쩍 않고 덜덜 떨며

철야 주청하는 머리 위로

젖은 날개 굴뚝새 한 마리 날아가다

* 1905년 1월부터 면암은 궐문에서 상소투쟁을 하다.

－「면암, 대궐 앞에서 철야 주청하다.」 전문

'국가라는 실권은 이미 일본에 빼앗겨 / 황제는 허수아비로 전락 / 깔고 앉은 멍석만큼의 힘도 없는 / 동짓달에 / 한자리에서 꿈쩍 않고 덜덜 떨며 / 철야 주청하는 머리 위로 / 젖은 날개 굴뚝새 한 마리 날아가다' 시인은 면암이 대궐 앞에서 철야 주청하는 모습을 치열하게 그려내고 있다. 실권을 빼앗겨 이미 힘을 잃고 있는 고종에게 올리는 상소는 시인의 목소리를 더하여 조정에 올리지만 누구 하나 눈길을 주지 않는 모습을 그린 것이 안타까움을 담고 있다. 시인은 덜덜 떨면서도 자신의 뜻을 굽히지 않는 고종의 안타까운 현실을 굴뚝새에 비유하여 비판하고 있다.

조선 왕조에서 왕에게 직언하기는 쉽지 않지만, 고종은 면암의 상소를 접하고 그의 투쟁하는 모습을 보면서 그의 생각이 틀렸다고 생각하지 않지만 어쩔 수 없는 현실을 인식할 수밖에 없었고, 그의 생명을 빼앗지는 않았다. 죽음 대신 유배를 통해서 경고하였지만, 그는 어떠한 힘에 의해서도 물러나지 않았다. 상소 투쟁하는 면암의 치열한 음성은 끊이지 않았는데 시인은 면암이 자신이 옳다고 생각하는 끊임없는 행동을 내 비춰 주고 있다.

> 허기를 개, 돼지 먹이로 내어주는 도적놈들의 창궐,
> 낯 두꺼운 을사오적, 간신배를 탓하지 말라
> 조선이 성리학에 묶이고 상업을 가장 천시할 때이다
> 그때 이미 오백 년 한양 궁궐이 금가기 시작하다
> 사방이 암흑 덩어리로 메워져 지척을 분별하기 어렵다
> 외세에다 양반 수탈에 순한 민심이 등 돌리고
> 유구한 한강 물줄기 스스로 바짝 마른지 오래다
> 유약한 데다 노쇠한 늙은 황제는 공연히 콧물 훔쳤다.
> 왕권강화를 들어 단칼에 세도정리를 자른
> 대원이 대감 이하응 무덤의 통곡소리가 심란하다
> > ─ 「무덤의 통곡소리 ─ 을사오적」 전문

> 붓을 던지고 힘껏 내달렸다
> 절벽에서 절벽으로
> 쉴 새 없이 건너뛰기를 평범한 일상으로 삼았다
> 오백여 명의 의병들이 면암 뒤를 따랐다
> > ─ 「나이 일흔넷의 의병장 ─
> > 의병장 면암 정읍·순창·곡성을 점령하다」 전문

위의 「무덤의 통곡소리 ─ 을사오적」과 「나이 일흔넷의 의병장 ─ 의병장 면암 정읍·순창·곡성을 점령하다」라는 인과관계에 있다. 을사조약 체결로 우리나라를 팔아먹은 이완용과 박재순 등 을사오적乙巳五賊애 대한 분노가 하늘을 찌르면서 백성들이 궁궐에 대한 마음이 떠나가는 것을 알 수 있다. 외세가 조선을 삼키려고 하지만 조선은 모든 면에서 힘을 잃어가고 있었다. 그에 따라 시인은 그 당시의 아픔을 치열

하게 그려내었고 결과적으로 면암이 나설 수밖에 없는 상황이 도래하였다.

'외세에다 양반 수탈에 순한 민심이 등 돌리고 / 유구한 한강 물줄기 스스로 바짝 마른지 오래다' 시인은 그 당시 역사 속으로 타임머신을 타고 들어가 민중들의 삶을 만나고 그들의 삶의 현실을 고발하는 마음을 담고 있다. 동력이 힘을 얻지 못하고 이끌려 가는 시기에 바람이 부는 가운데 촛불이 언제 꺼질지 모르는 상황을 그려내고 있다. 이것을 배경으로 면암은 '황토오적서' 상소문을 올리게 되고 민중 속으로 들어가 투쟁의 앞에 서게 된다. 제자 임병찬을 시켜 '격문과 창의토적문'을 전주지방에 유포시키고 나이 일흔넷의 의병장이 되어 의병들과 정읍·순창·곡성을 점령한다.「나이 일흔넷의 의병장 – 의병장 면암 정읍·순창·곡성을 점령하다」라는 짧은 시 속에 의병을 조직하고 결연하게 싸움터로 나가는 면암의 의연한 모습을 그대로 그려내고 있는데 그 앞에 시인도 함께 나가고 있다.

인력거를 타고 기차에 타고 다시 조각배와 상선을 타고 일본으로 압송된다. 면암은 '왜놈의 것을 먹을 수 없다'라고 10일 단식하다가 부산에서 가져온 한국 쌀로 지은 밥 먹지만 이미 그의 건강은 돌이킬 수 없었고 대마도 감옥에서 운명하였다. 그는 살아서 임금에게 올리는 마지막 상소문을 썼는데 붓을 잡을 힘도 없어 면암이 구술하고 임종을 지킨 임병찬이 받아 적었다.

들개 떼 짖어대는 밤.
물 한 모금, 밥 한 술 뜨지 않은 몸으로
시뻘겋게 피 흘리며 쓰러져있는
몸 주변으로

날카로운 이빨 감춘 들개 몰려들고 있다

몸 찢겨나가

일생을 걸쳐 이루고자 한 계획이

한낮 들개 먹이라니

여기저기 음흉한 무리가 곧 몸을 찢어버려

죽은 내 뼈를 능욕하라

무리지어 울부짖으며 몸 찢으라

도적들이어 어서 오라

허나 어쩔 것인가, 황재와 백성들.

저들을 어쩔 것인가

- 「유소遺疏 - 마지막 상소上疏」

감옥에서 자신의 삶을 다하는 것을 알면서 몸이 쇠잔해져 죽음의 문을 바라보면서 남긴 마지막 상소에 시인은 온몸으로 그 상황을 말해주고 있다. 사실 그 장면으로 들어가지 않으면 치열하게 시를 쓸 수 없는 내용이다. 그만큼 절박한 상황을 그려낼 수 있을까? 상소로 시작되는 면암 최익현의 삶과 충정을 날카롭게 붓으로 그리고 있다.

면암의 상소를 보면서 신익선은 면암이 되어서 상소에 담긴 내용과 함께하고 있다. 면암이 상소를 통해서 생각을 전하였다면 시인은 그 상소를 자신의 상소로 변화시키면서 자신의 목소리를 전하고 있다. 이는 역사 속의 면암 최익현과 그의 삶을 시로 써 내려간 시인 신익선의 놀라운 콜라보(collaboration)이다. 물론 면암의 삶과 애국정신을 글로 써 내려가 책으로 엮은 것은 많이 나와 있다. 하지만 면암의 삶과 나라 사랑 그리고 민중 속으로 들어가서 하나가 되는 것을 시로 쓰고 시집으로 편찬된 것은 거의 없다. 누구든지 서사시를 쓰기 위해서는 주인공이 되는 사람에 대한 올바른 이해가 없으면 불가능하다. 시인은 그 사람이 되어야 시를 써 내려갈 수 있다. 면암은 조선의 영웅이었고 민중의 뜻을 생각과 행동으로 밀고 나가면서 조선을 생각한 애국자였는데 시인은 자신이 면암이 되어서 그 모습을 시로 가득 채워나갔고 애절하게 전하고 있다.

3. 면암, 세상을 떠난 후 그를 흠모하는 사람들의 모습을 통한 그의 자취 담아내기

면암은 의병을 꿈꾸며 뜻을 함께하는 오합지졸의 의병이었지만 필패를 알면서 일어섰다. 헌병대에 체포되었지만, 불호령으로 면암 앞에 헌병 대장의 엄지손가락이 척 올라갔고, 이등박문은 조선 수군 3만 명보다 면암 한 사람이 더 무섭다고 말하였다. 적국 일본도 면암의 존재와 그의 불꽃 같은 힘을 크게 생각한 부분이다.

느티나무 아래
밑둥치 크기만큼 구멍 나 있다
여름 바람이 머물다
목숨을 떠나보내 버린 살갗이
뭉툭거리는
포피가 만든 바람 구멍이
배 볼록하게
유월 이파리 내다

* 불굴피집 : 몸은 잡혀 있으나 굴복하지 않는다는 뜻으로 피체된 면암의 정신을 말함.

위의 불굴피집은 면암 정신이고 시에는 면암 정신이 살아있다. '목숨을 떠나보내 버린 살갗이/ 뭉툭거리는/ 포피가 만든 바람 구멍이/ 배 블록하게/ 유월 이파리 내다'에서 이미 목숨을 구걸하지 않는 면암의 삶이 느티나무처럼 어려움 속에서도 이파리처럼 다가오는 것이다.

몸은 일본에 잡혀서 일본 감옥에 있지만 그의 정신은 절대로 굴복하지 않고 일본인이 주는 음식을 먹지 않는 단식으로 고귀한 생명을 잃을 수 밖에 없었다. 이는 어떤 어려운 상태에서도 굴하지 않고 자신의 의지를 곧게 펴는 그의 정신을 은유적으로 표현하고 있다.

시인은 면암이 세상을 떠난 후에 안중근 의사의 옥중 술회, 곽한소·이양호·동래기생 옥도·임병찬 등의 제문에 답하는 시를 싣고 있다. 우리나라 사람들뿐만 아니라 비록 적국이지만 일본인도 그를 추켜세우는 그의 얼을 담은 행동은 많은 사람을 놀라게 하였다. 논산 무등산 아래 입장했다가 많은 사람이 찾아와 그를 막기 위해 광시면 관음리로 이장하였다. 이는 그의 죽음이 헛되지 않음을 말해주고 있다.

나당연합군과 맞서 싸우는
백제 할아버지들의 불굴과 용기가 천수백년의 시차를 넘어
면암의 피를 부르네, 울면서
면암의 유체를 껴안고 기뻐 뒹굴고 있네, 들어보게
역사의 선택이네
백제부흥군의 피울음이 면암을 불렀다네

* 1901년 11월 14일 면암 묘소를 충남 예산군 광시면 관음리로 이장하다.

예산 봉수산 임존성은 백제 부흥운동의 중심지였으며 당에 항복한 흑치상치를 내세운 나·당연합군에 의해서 함락되었지만, 그곳에 잠든 '백제부흥군의 피울음'이 면암을 불렀다고 말하고 있다. 물론 인위적으로 이장을 하게 되었지만 그것은 곧 광시 임존성에 잠든 넋이 면암을 부르고 있는데 이곳은 즉 선택이 아닌 필연이 되었다는 말이다. 신익선은 시공을 뛰어넘는 사건들이 하나가 되어 뒹굴면서 하나로 해보자는 뜨거운 발상이다. 여기에는 시인이 그려내고자 하는 대상과 하나가 되어 꿈틀거리는 '넋'이 있다. 시인은 어떤 사건에 몰입하면 사건 속의 주인공이 되어서 특별한 목소리를 내야 한다. 이런 측면에서 본다면 신익선은 성공적으로 시작詩作을 하고 있다. 시인은 일반인이 느끼지 못하는 감수성을 가지고 있고 그것은 시어를 찾아내고 시를 구성하는 부분으로 유입되어 자신의 시를 완성하게 된다. 특히 서사시의 경우 인물이나 사건에 집중하다 보면 그러한 요소를 찾아내기 어려울 때가 있다. 역사적인 사건이 무엇인지를 시로 써 내려가면서 그 사건에 잡착하다 보면 역사서가 될 수도 있기에 감흥이 덜 할 수가 있다. 그것은 어떤 사람이나 사건에 대한 철저한 역사 인식을 가진 다음에 그것을 용광로에 녹여서 자신의 목소리로 새로운 작품으로 완성하여야 한다.

　　　일본 대마도에 끌려가 운명하신 어른이여
　　　선생님을 흉중에서 단 한시도 잊은 적이 없습니다
　　　불의에 맞서며 백성의 안위를 살피시다
　　　한일의병의 선봉에 섰던 이름, 면암을 간직합니다
　　　독립이 막막하여 마음 둘 곳 없을 때
　　　그 불굴의 투지의 기개가 제 가슴을 쳤습니다
　　　그 죽음조차 간절히 흠모하다가 이제야
　　　조국 광복의 환희를 말씀 올리는 여긴

작은 들판을 끼고 낮은 야산 턱에 잠들어 계신

예산군 광시면 관음리 선생님 유택입니다

조선 의병의 총본산이요 독립군의 성지입니다

대한민국임시정부 주석으로 절 올리며

제구 올리오니 부디 마음껏 흠향하소서

* 면암묘소 : 충남 예산군 광시면 관음리 산21-1 소재라는 면암의 묘소를 말한다.

  – 「백범 김구, 면암 묘소에 절하다 – 재배하며 올린 백범의 독백」 전문

　백범 김구가 면암 묘소를 찾고 절을 하는 모습이 그려지는 시이다. 시인은 묘소 앞에서 절을 하면서 김구가 되어서 대화를 나누고 있다. 시인은 독립운동의 거물인 김구가 묘소 앞에서 면암과 이야기를 나누는 모습을 상상하면서 시심을 돋웠다. '한일의병의 선봉에 섰던 이름, 면암을 간직합니다/ 독립이 막막하여 마음 둘 곳 없을 때 그 불굴의 투지의 기개가 제 가슴을 쳤습니다'. 면암의 끊임없는 충정을 그리면서 절을 하였을 김구와 하나가 되어서 시인도 절을 하면서 그 심정을 몸과 마음에 새기면서 새롭게 하였다. 김구는 조선 민중의 대표로 절을 한 것이고 시공을 뛰어넘어 그 사건 속에 머물며 다짐하는 것이다.

　일제강점기에 삭발을 종용하였지만 면암은 "신체발부 수지부모, 불감훼상, 효지시야身體髮膚 受之父母, 不敢毁傷, 孝之始也."라고 하면서 소신에 따라 삭발하지 않았다. 이는 "내 머리는 자를 수 있을지언정 머리털은 자를 수 없다."는 의미로 단발령에 대한 강력한 저항이었고 면암 정신의 발로였다.

4. 면암의 따스한 인간미를 담아내는 시인의 감성

우리나라에서 독립운동을 하는 독립운동가들은 나라에는 충성하였지만, 가정에는 충실하지 못한 경우가 많았다. 나라의 독립을 위하여 노력한 것이 오히려 자신의 행위로 말미암아 가족을 더 어렵게 만들기도 하였다. 면암 역시 상소로 인하여 제주도와 흑산도 등으로 유배당했으니 가정을 돌볼 수 없었고 그로 인해서 그만큼 가정에 소홀할 수밖에 없었다. 고종이 그에게 내린 벼슬도 추정으로 마다하면서 그것조차도 항소를 올리면서 자신의 꿋꿋함을 보였다.

고향 하늘은 삼삼한데 영조야
너를 팔베개하여 잠 재워주던 날이 엊그제 갔다.
어찌 다 일일이 적어 보내겠느냐
내 마음에는 네가 산다
　　　　　　　　　- 「팔베개 – 장자 영조에게 보냄」 일부분

고향 뒷산에
뻐꾸기 울음

연초록 산야
신록 출렁이면
달빛 타고
툇마루 덜컹
마실 오실까

미루나무 그늘

감싸는 월훈

* 경기도 포천군 신북면 가채리. 이곳에서 1887년 5월, 부친 최대(崔岱) 운명, 1889년 8월 탈

상. 면암(55세)은 57세까지 3년간 시묘하다.

- 「시묘 살이」 전문

　면암은 18세에 결혼하여 27세에 맏아들 영조를 얻고 33세에 모친
상을 당한다. 39세에는 그에게 면암이라는 호를 내려준 스승 화서 이
항로의 죽음을 만나고 41세에 위리안치된 적거지에서 아들에게 편지
를 쓰면서 다독이는 다정함이 보인다. 이런 면암의 마음이 시인의 마
음에 와닿아 자신의 아들에게 말하는 감성이 되어 울림이 되었다. '내
마음에는 네가 산다'라는 이 시의 마지막 부분의 표현으로 시의 정점
을 이루고 있다. 클라이맥스가 되어 그 순간 시인의 마음이 이입되고
편지에 투입이 되는 것이다. 이는 면암의 가슴 속에 살아있는 따스함
이 시인의 가슴으로 들어와 하나가 되어서 따스한 시심으로 돋아났다.
　이렇게 사랑이 가득한 마음으로 영조에서 전하는 편지를 썼던 면암
을 생각하며 시인은 눈시울을 적시며 시를 썼다. 둘째 아들 영학과 셋
째 아들 영복이 있었다. 그는 장자인 영조에게 학문에 힘쓰라는 편지
를 보냈고, 영학과 영복에게는 편지로 아들에게 다정다감한 면을 보여
주고 있다. 자신이 제주도나 흑산도로 유배 가는 등 가족과 함께하지
못하는 시간이 많이 있었지만, 자신의 마음을 편지로 전하고 있다.
　「시묘살이」를 통해서 그는 부친에 대한 사랑의 마음을 전하고 있다.
그는 부친상을 맞아 3년간 시묘살이할 정도로 효자였다. 위의 「시묘살
이」는 언뜻 보면 보이는 대로 서정적으로만 느껴질지 몰라도 구구절절
부친에 대한 그리움을 가득 담아내고 있다. '달빛 타고/ 툇마루 덜컹/
마실 오실까'에서 그리움은 극치를 달리고 있다.

세상을 떠난 부친에 대한 그리움을 전하는 것은 오직 면암만이 아니고 신익선의 마음이요 시를 읽는 독자의 마음이 된다. 모두가 하나가 되어서 시와 함께하게 되는 것은 이 시가 전해주는 메시지이다.

5. 면암 정신을 담은 『시로 쓴 조선의 얼 면암 최익현』

신익선 시인은 한국문인협회 충남지회장으로 있을 때(2011) '충남 얼 살리기'사업으로 충남 문인의 시비나 문학비를 세우기 시작하였는데 충청남도의 지원을 받았고 매년 이 사업은 이어지고 있다. 즉 시인의 마음속에는 '얼'의 중요성을 품고 있다. '얼'은 무엇일까? 네이버 국어사전에 의하면 '정신의 줏대'라고 표현하고 있고 유의어로 '넋, 영혼, 정신'을 들고 있다. 즉 우리 인간이 살아가는데 정신의 중심을 잡아두는 기둥이라고 말할 수 있다. 살아가면서 가장 중요한 것이 마음의 중심을 잘 잡는 것이다. 살아가면서 흔들리지 않고 꿋꿋이 살아갈 수 있는 것은 정신과 몸을 지탱해 주는 힘이 된다.

이 『시로 쓴 조선의 얼 면암 최익현』 시집은 최익현의 영웅담을 담아내는 만화나 소설이 아니고 그의 '얼' 즉 '조선의 얼'을 시로 써 내려간 시집이고 살아가면서 지켜야 할 얼을 담은 지침서가 될 수 있다. 이 시집에 담긴 시를 읽어가면서 그대로 흡수되면서 마음속에 면암의 무늬를 하나씩 담아가게 된다. 즉 시를 읽으면서 동화되고 변화하면서 삶은 그대로 '조선의 얼'로 변화할 수 있다. 화선지에 떨어진 먹물이 잘 번지듯 이 책의 시를 읽노라면 스르르 하나가 되는 느낌을 받을 수 있다.

신익선이 쓴 면암의 삶과 애국정신은 일제강점기 민중 속에서 표출되는 욕구를 담아낸 것이다. 목숨을 무릅 쓰고 상소를 올려 대원군을 하야시킨 것부터 그의 꿋꿋한 얼의 모습이 담긴 그릇이 되었다. 이 그

릇에는 꿈틀거리는 힘이 있고 소망이 있다. 이것은 시인의 강력한 힘이고 무기가 될 수 있다. 결연한 면암의 모습을 그려내는 시인이 있어 서사시로 담은 소중한 시집이 출간되었고 그를 통해서 후세에 많은 영향을 미치리라 생각한다.